第 28 届中国新闻奖获奖作品新媒体展示手册

编委会名单

第 28 届中国新闻奖获奖作品新媒体展示手册

沈毅兵　高晓虹　主编

中国传媒大学出版社
·北京·

序

2017年，广大新闻工作者坚持“四个意识”，坚定“四个自信”，保持人民情怀，记录伟大时代，切实增强“脚力、眼力、脑力、笔力”，讲好中国故事，传播中国声音，唱响奋进凯歌，凝聚民族力量，努力履行好新时代新闻舆论工作的职责使命。

2018年评出的第28届中国新闻奖作品就是对我国新闻工作2017年度业绩的生动反映，是新闻战线创新成果的全面展示，是新闻工作者优良文风作风的具体体现。这些具有代表性的优秀新闻作品，反映国家变化，记录时代风云，传递百姓冷暖，见证历史变迁，全景记录中国人民在习近平同志为核心的党中央领导下，各行各业深化改革发展，各条战线努力取得的新成就新进展。来自全国各级各类媒体的348件作品获奖，其中特别奖5件，一等奖62件(含10件新闻名专栏)，二等奖98件，三等奖183件。特别是紧跟媒体发展潮流，2018年在中国新闻奖中首增媒体融合这一新奖项，共有50件作品获奖。

无疑，这些获奖作品都是优秀的新闻作品，那么，什么是好新闻？怎样写出好的新闻作品？这是很多新闻作者十分关心的话题。从第28届中国新闻奖获奖作品中可以总结出以下几点特色和经验。

坚持党性原则，唱响时代主旋律，写有思想的新闻。中国新闻奖作为优秀新闻作品的展示平台，本着推动中国新闻事业发展的初心，必须把坚持正确政治方向放在首位，将那些生动、全面体现党性原则、马克思主义新闻观的新闻作品，将那些舆论导向正确、符合社会主义核心价值观的新闻作品，将那些反映人民群众生动创造、伟大实践的新闻作品，将那些丰富人民精神世界的新闻作品评选出来。特别奖作品——《人民日报》评论《领航，思想的力量开辟新时代》，深入浅出地论述了习近平新时代中国特色社会主义思想对中国和世界的影响，准确把握了党的十九大精神的核心要旨，视野开阔、文风清新。一等奖作品——《解放军报》文字系列报道《以习近平同志为核心的党中央领导和推进强军兴军纪实》完整记录了习近平总书记领导强军伟业的历史进程，全方位展现了5年来国防和军队现代化建设的辉煌成就，整个系列思想深刻、厚重大气。获一等奖的湖南广播电视台电视系列报道《为了人民》采访扎实，记录了多位驻村扶贫队长扎根一线、甘于奉献的扶贫故事，彰显党的十九大以来党中央打赢脱贫攻坚战的决心，展现了基层扶贫干部作为共产党人不忘初心、全心全意为人民服务的情怀。获二等奖的《安徽日报》文字通讯《一根糯玉米演绎的“供给侧改革”》通过小切口反映大主题，小改变推动大发展，事例鲜活、语言生动。获二等奖的浙江广电集团广播系列《“最多跑一次”的浙江探索》生动反映了在改革开放的浪潮中基层单位和人民群众的心声，展现了主流媒体对中国改革发展进程的深入观察和思考。

保持人民情怀，讲述百姓故事，写有温度的新闻。新闻工作者始终以为人民服务为宗旨，坚持以人民为新闻报道主体和服务对象，讴歌人民群众的伟大创造，反映人民群众对美好生活的追求，充分报道人民群众的意见、愿望、要求和呼声。很多获奖作品关注百姓生活，以小见大，充满正能量。重庆华龙网新闻名专栏《百姓故事》聚焦小人物，着力挖掘普通人物的闪光点，用有血有肉的人物和引人入胜的情节，传播了真善美，体现了主流媒体责任。获得一等奖的中青在线网络评论《极恶！拿慰安妇头像做表情包，良心何在！》对网络上流传的电影《二十二》表情包现象进行深入分析，逻辑清晰、论证充分，对社会道德问题提出深刻见解，捍卫公序良俗。二等奖获奖作品——新华社深度报道《生命，为祖国澎湃》，记者用了三个多月时间，了解黄大年不为人知的工作和生活故事，展现出一个爱国科学家有血有肉的形象，感人至深、催人奋进。宁波广播电视集团广播访谈《党章守护人张人亚》、华声在线网络专题《十八洞的十九张笑脸》、《西安晚报》系列报道《寻找“最美女孩”》等一大批作品，都是以人民群众的故事为蓝本，传递人间大爱，汇聚社会正能。

遵循新闻规律，扎实完成新闻报道，写有品质的新闻。真实是新闻的生命，要根据事实来描述新闻事件，不仅要准确报道个别事实，而且要从宏观上把握和反映事件或事物的全貌。记者往往需要花费很长一段时间记录采访，对材料去粗取精、剥茧抽丝，从而保证报道的真实、客观。二等奖获奖作品——新华社新闻摄影作品《孤岛·夫妻·三十年》，记者通过三年的跟踪拍摄、深入采访，并使用无人机在大风中飞至 200 多米高空，用镜头记录下一对夫妻在人迹罕至、条件极其艰苦的孤岛三十年如一日的坚守。人物的孤独身影与野草丛生、嶙峋礁石形成鲜明对比，画面冲击力强，拥有直抵人心的力量。获得一等奖的江苏省广播电视台国际传播电视纪录片《你所不知道的中国(第三季)》，摄制组历时一年踏遍中国近 20 个省区市，从科技、文化、环保、野生动物保护、扶贫攻坚等不同方面，以国际视角展示中国形象，以中国故事展示当代神奇，让全球的观众了解了一个真实、变化、有活力的当代中国。看看新闻网融媒体视频《网红店假排队调查》，记者团队卧底三个月，以多重身份进行实地暗访，发现并记录了该领域的乱象，向社会讲清了事实，也为监管部门敲响了警钟。

大胆创新，推动媒体融合发展，写有新意的新闻。加快新闻媒体融合发展，打造新型主流媒体，借助新媒体传播优势，打通并用好同人民群众的信息交流新渠道，是新时代对党的新闻舆论工作和媒体建设提出的新要求。2018 年首设媒体融合奖项，获奖作品展现出主流媒体在这方面的积极探索。央视影音融媒体移动直播《“天舟一号”发射任务 VR 全景直播》创造了最近距离全程直播火箭发射的记录，72 小时的直播互动给受众带来沉浸式体验。中国日报社融媒体短视频《老外看中国：英国小哥细数“两会”关键词》，采用人像抠图和虚拟动画技术，一镜到底的动画制作，带用户回顾全国“两会”热词，梳理中国经济社会发展的脉络，为时政新闻的国际化融合传播提供了良好的思路。澎湃新闻融媒界面《遵义老村支书黄大发 36 年引水修渠记》，采用 H5 连续下拉的方式，把水渠的修建过程、当事人的音频穿插其中，加入航拍和 360 度全景，界面设计大方得体，展现出天渠的艰险，更体现出黄大发的奉献精神。

拓宽国际视野，讲好中国故事，写有态度的新闻。传播中国声音，表明中国态度，我们需要学会讲好中国故事，通过打造融通中外的新概念，主动设置议题，突出中国视角，提出中国观点，表明中国立场，从而实现更加有效的国际传播。一等奖作品中国新闻社《十九大十九问》系列报道采用问答形式，对海外关心的十九大热门话题进行解疑释惑，历史回顾、知识科普和细节故事结合，形式新颖，回应海外关切。二等奖作品四川康巴藏语卫视频道《主播走基层·见证新景象》以主播走基层讲故事的方式剖析藏区经济社会发展的生动事例，反映了党的十八大以来藏区跨越式发展的时代主题，客观真实地对外展示了四川藏区欣欣向荣的发展状态以及藏区各级干部群众勤劳致富、脱贫奔小康的精神面貌。二等奖作品中国国际广播电台《"设计之都"武汉的赞比亚服装设计师》从"设计"这个角度表现出新时代富起来强起来的中国，给世界提供了更广阔的创作和展示舞台，同时也从侧面体现了博大精深的中华传统文化的生命力和创造力，以及对当代世界的影响，彰显了中华民族的文化自信。

媒体融合时代，新闻媒体面临创新机遇，也面临巨大挑战。主流媒体要抓住受众、吸引观众、培育粉丝，就要在新闻作品创作理念、形式、内容、体裁、形态、方法、手段、体制、机制等方面不断创新。进入移动化、大数据时代，受众的阅读习惯开始分化，对于新闻传播的速度、质量有了更多的追求，分众化、分时化趋势更加明显。因此，我们的新闻创制要不断适应这些新变化、新需求，多出符合新时代需要的精品佳作。

中国新闻奖是中国新闻作品最高奖，如何进一步发挥优秀新闻作品的示范作用，推动中国新闻事业发展和进步，引导和激励广大新闻工作者坚持和践行马克思主义新闻观，更好地为人民服务，我们一直在思考，也一直在努力。

中国传媒大学作为培养新闻人才的摇篮之一，多年来以服务新闻界为己任，不论是在学科建设、人才教育还是新闻改革方面都作出了积极的贡献。中国新闻奖评奖办和中国传媒大学多年来一直合作，编辑出版获奖作品新媒体展示手册，用当下流行的H5展示形式和精练的语言，让读者用最短的时间，全面了解这一年中国新闻奖的优秀作品。我们感谢中国传媒大学在中国新闻奖发展建设中给予的帮助和支持。

（中国记协评奖办公室）

目 录

文字类

特别奖

一等奖

二等奖

三等奖

广播类

一等奖

二等奖

三等奖

电视类

特别奖

一等奖

二等奖

三等奖

网络类

特别奖

一等奖

二等奖

三等奖

综合类

特别奖

一等奖

二等奖

三等奖

中国新闻奖

文字类・特别奖

领航，思想的力量开辟新时代

作品信息

作品类型：特别奖·文字通讯
刊播单位：《人民日报》
报送单位：《人民日报》
主创人员：集体
编　　辑：杨振武、李宝善
刊播版面：要闻1转2
首发日期：2017年12月5日

人民日报

作品简介

12月5日、6日，《人民日报》连续刊发两篇《学习党的十九大精神的思考》任仲平文章，追寻习近平新时代中国特色社会主义思想改变中国、改变世界的力量，全面、深刻地论述了这一思想如何“让社会主义学说重新伟大”。

获奖理由

文章紧紧抓住习近平新时代中国特色社会主义思想、抓住中国特色社会主义，在历史、现实和未来的时间轴线上，雄辩地论证了社会主义在持有马克思主义信仰的人手中会放射出更加灿烂的真理光芒。文章有敢做判断的“力度”，也有以小见大的“角度”，更有见人见物的“温度”。

新媒体展示

使用手机扫描下方二维码，即可观看本条获奖作品的新媒体展示。

中国反贫困斗争的伟大决战

作品信息

作品类型:特别奖·深度报道
刊播单位:新华通讯社
报送单位:新华通讯社
主创人员:集体
编　　辑:蔡名照、张宿堂
刊播版面:新华社通稿线路
首发日期:2017 年 8 月 13 日

作品简介

主创人员进行了长达一年、范围覆盖 14 个特困连片区绝大多数的跨年度、跨省份调研。初稿形成后,又进行了长达三个月的修改和完善。最终作品全景式描述了以习近平同志为核心的党中央带领全国各族人民进行反贫困斗争的伟大决战。

新媒体展示

使用手机扫描下方二维码,即可观看本条获奖作品的新媒体展示。

获奖理由

在我国脱贫攻坚伟大事业进入“啃硬骨头”的冲刺阶段,该报道全景展示和讴歌了脱贫攻坚伟大斗争取得的伟大胜利,具有强烈的历史方位感、全局视野和时代特色,彰显了与党中央治国理政相适应的新闻品格与新闻力量。

中国新闻奖

文字类・一等奖

习近平首次沙场阅兵
号令解放军向世界一流军队进发

作品信息

作品类型：一等奖 · 文字消息
刊播单位：新华通讯社
报送单位：新华通讯社
主创人员：李宣良、王玉山
编　　辑：张宿堂、黄明
作品字数：952 字
刊播版面：新华社通稿
首发日期：2017 年 7 月 30 日

作品简介

朱日和沙场阅兵，是中国人民解放军首次以庆祝建军节为主题举行阅兵，也是习主席首次在野战化条件下沙场阅兵。为此，新华社采访小分队提前一个多月赴朱日和训练基地展开"嵌入式"采访，确保了稿件在阅兵结束后第一时间播发。

获奖理由

稿件主题突出、时效性强、信息量大，既有强烈的现场感，又有厚重的历史感，文字精练、手法灵活，是此次阅兵报道的精品力作，充分体现了国家通讯社的专业和权威。

新媒体展示

使用手机扫描下方二维码，即可观看本条获奖作品的新媒体展示。

创造港珠澳大桥的“极致”

作品信息

作品类型：一等奖 · 文字消息
刊播单位：《珠江晚报》
报送单位：广东省新闻工作者协会
主创人员：陈新年、廖明山
编　　辑：靳树乾、张大勇
作品字数：914 字
刊播版面：要闻 03
首发日期：2017 年 5 月 11 日

作品简介

2017 年 5 月 2 日，港珠澳大桥海底隧道“最终接头”成功安装。几天后，经施工部门批准，记者进入了伶仃洋水下近 50 米深的海底隧道现场。在体验采访中，记者还原了关键性控制工程二次“精调”的全过程。

新媒体展示

使用手机扫描下方二维码，即可观看本条获奖作品的新媒体展示。

获奖理由

该报道题材重大、采访扎实、视角独到、语言精练，背景材料运用得当，增强了可信度和现场感。从中，既可以感受到记者在“走转改”中积极深入一线的采访作风，又让读者读出了大国工匠精神，切身感受到超级工程建设的伟大成就和重大意义。

民生实事莫沉迷于“数字突破”

作品信息

作品类型：一等奖·文字评论
刊播单位：《新华日报》
报送单位：江苏省新闻工作者协会
主创人员：翟慎良
编　　辑：双传学
作品字数：1 243 字
刊播版面：头版 01 转 06
首发日期：2017 年 2 月 24 日

新华日报

作品简介

有关家庭医生的好消息让人备感振奋，然而，社会质疑：为何家庭医生签约率如此之高，人们却没享受到服务？评论以媒体前一天“还原真相”的报道为切入点，亮出核心观点——民生实事不能沉迷于“数字突破”。

获奖理由

本文选取的切入点是媒体前一天关于“家庭医生系列问题还原真相”的报道，抓住了百姓的关注热点，分析深入且条理清晰，发表后在基层反响强烈。

新媒体展示

使用手机扫描下方二维码，即可观看本条获奖作品的新媒体展示。

新时代呼唤蓬勃的青年精神

作品信息

作品类型：一等奖 · 文字评论
刊播单位：《中国教育报》
报送单位：暨南大学
主创人员：刘涛
编　　辑：杨国营
作品字数：1 536 字
刊播版面：中教评论 02
首发日期：2017 年 12 月 29 日

作品简介

2017 岁末，“佛系青年”成为各大媒体年终盘点中备受瞩目的一个热点。对此，作者由表及里、由浅及深，通过全面、缜密、深入的论证，清晰地阐明了“新时代呼唤蓬勃的青年精神”这一颇具思想高度和现实意义的观点，具有深刻的社会警示意义。

新媒体展示

使用手机扫描下方二维码，即可观看本条获奖作品的新媒体展示。

获奖理由

针对当前“佛系青年”这一热点话题，剖析其成因及社会影响，进而提出“新时代呼唤蓬勃的青年精神”的核心论点。整篇评论观点鲜明，论据充分，论证逐层推进，在营造积极向上的网络文化方面发挥了正确的舆论引导功能。

甘肃祁连山：问责风暴下的生态突围

作品信息

作品类型：一等奖·调查性报道
刊播单位：《中国国土资源报》
报送单位：中国行业报协会
主创人员：薛亮
编　　辑：薛亮
作品字数：3 864 字
刊播版面：视点 3
首发日期：2017 年 8 月 28 日

中国国土资源报

作品简介

在中央问责风暴"满月"之际，记者深入祁连山腹地，采撷到大量独家素材和鲜活事例。在报道当地积极开展恢复治理工作、重塑转型发展信心的同时，还从国土资源专业角度反映出当下做好祁连山生态环境整治面临的突出矛盾和问题。

获奖理由

与其他媒体对祁连山生态环境问题所作报道不同的是，该篇文章作者在对祁连山生态环境问题进行了深入调查的基础上，以翔实的采访材料、统计资料和鲜明事例展现了问责风暴背后的故事，形成了独特的写作方式和深度报道视角。

新媒体展示

使用手机扫描下方二维码，即可观看本条获奖作品的新媒体展示。

“见字如面”23 年

作品信息

作品类型：一等奖 · 文字通讯
刊播单位：《工人日报》
报送单位：部委专业报初评委员会
主创人员：康劲、黄贵彬、马勇强
编　　辑：兰海燕、周有强
作品字数：1 489 字
刊播版面：公民道德 6
首发日期：2017 年 3 月 18 日

作品简介

该报道通过一对平凡夫妻 23 年共同写下的“家庭日记”，挖掘每一条“留言”背后的故事。稿件刊发后，又征得他们的同意，将部分记录“留言”的图片整理后，与这篇报道一起通过《工人日报》的“两微一端”进行推送。

新媒体展示

使用手机扫描下方二维码，即可观看本条获奖作品的新媒体展示。

获奖理由

12 本家庭日记，6 820 多条留言，24 万余字，记者用朴实无华的文字，记录了一对夫妻 23 年里聚少离多、牵肠挂肚的平凡故事。文章语言简练，娓娓道来，通过记者的文字恰到好处地呈现出来，不虚浮、不煽情，很好地传递了社会正能量。

"我在中国社区矫正的日子"

作品信息

作品类型：一等奖·文字通讯
刊播单位：《金华日报》
报送单位：浙江省新闻工作者协会
主创人员：何百林
编　　辑：蒋晓明
刊播版面：金报·义乌 A03
首发日期：2017 年 6 月 5 日

金华日报

作品简介

这是国内第一篇将新闻视角对准境外社区服刑人员这一特殊群体，客观、公正、深入报道境外社区服刑人员在中国接受社区矫正的新闻作品。记者走访了在义乌的所有境外社区服刑人员，掌握了丰富的第一手新闻素材。

获奖理由

对于中国的司法公正，一些西方国家始终抱有偏见。这篇报道通过 3 名境外人员在义乌接受社区矫正的真实案例，客观、生动地展现了中国司法的严肃性和公正性，诠释了中国司法的人文温度，也从一个侧面展现了中国的开放包容和文明进步。

新媒体展示

使用手机扫描下方二维码，即可观看本条获奖作品的新媒体展示。

以习近平同志为核心的党中央领导和推进强军兴军纪实

作品信息

作品类型：一等奖 · 文字系列
刊播单位：《解放军报》
报送单位：军委政治工作部宣传局
主创人员：集体
作品字数：16 629 字、8 533 字、8 759 字
首发日期：2017 年 7 月 11 日至 10 月 8 日

作品简介

这组系列报道是军队媒体喜迎十九大宣传的重中之重，由军委政治工作部组织指导，解放军报社、新华社军分社抽调精兵强将联合采写。特别是第一篇全景式报道，初稿完成后逐一征求军委机关各部门意见，历时半年完成 10 余次重大修改。

新媒体展示

使用手机扫描下方二维码，即可观看本条获奖作品的新媒体展示。

获奖理由

这组报道赞颂强军成就，记录强军伟业，立意高远、思想深刻、视野宽阔、厚重大气，振奋了军心民心，在迎接十九大宣传报道中独具特色，传播力、影响力俱佳。

走近科学家

作品信息

作品类型：一等奖 · 文字系列
刊播单位：《湖南日报》
报送单位：湖南省新闻工作者协会
主创人员：龚政文、王志红、金中基、陈惠芳、杨丹、段涵敏、胡宇芬
作品字数：2 972 字、2 955 字、2 822 字
首发日期：2017 年 3 月 20 日至 5 月 12 日

作品简介

《湖南日报》推出《走近科学家》系列报道，生动讲述了科学家绝对忠诚于党的科技事业、践行国家利益至上的价值取向的事迹。其采编方式和写作手法的创新，为纸媒今后对科学家、科技人物、科技工作者的报道提供了全新的参考蓝本。

获奖理由

记者在现场讲故事，用生动的事实讲述科学家鲜为人知的事迹，生动展示了当代科研工作者的风采，充分彰显了务实创新的科学精神，有力传播了创新发展的科学理念和社会主义核心价值观。

新媒体展示

使用手机扫描下方二维码，即可观看本条获奖作品的新媒体展示。

大风歌

——追寻叶挺独立团的精神血脉

作品信息

作品类型:一等奖·报纸副刊
刊播单位:《人民日报》
报送单位:中国报纸副刊研究会
主创人员:李舫、张健
作品字数:7 562 字
刊播版面:副刊 24
首发日期:2017 年 7 月 20 日

作品简介

《大风歌》是为庆祝中国人民解放军建军 90 周年而专程采写的一篇报告文学。记者选取叶挺独立团作为采访对象,多次奔赴叶挺独立团的驻地进行采访,在文章成形后,请党史专家把关指正,以求尽可能准确、真实地还原这支英雄部队的历史面貌。

新媒体展示

使用手机扫描下方二维码,即可观看本条获奖作品的新媒体展示。

获奖理由

作品紧扣建军 90 周年这一历史节点,呼应“建设世界一流军队”的时代号召,选取叶挺独立团作为切入点,以翔实的细节、流畅的文笔、真诚的情感发挥报告文学的优势,把人民子弟兵的精神风貌充分展现在读者面前,出色地完成了报道。

中国新闻奖

文字类・二等奖

苍南叫停大渔湾围垦工程

作品信息

作品类型：二等奖 · 文字消息
刊播单位：《浙江日报》
报送单位：浙江省新闻工作者协会
主创人员：沈建波、施力维、胡丹
编　　辑：沈建波、徐月萍
作品字数：900 字
刊播版面：要闻 1
首发日期：2017 年 12 月 18 日

浙江日报

作品简介

记者以简约的文字精准还原当地持续 30 年的围海造地争论。从人海之争的矛盾冲突，到人与自然和谐共生的价值取向，凸显时代之变和发展理念之变，反映了进入新时代人们在新发展理念引领下奋发作为的新气象和新境界。

获奖理由

这篇报道结构精巧、主题鲜明、文字凝练、行文流畅，不长的篇幅浓缩且清晰阐述了绿色发展理念的重大现实意义，传递了中国社会深层次、根本性的变革，尤其是发展方式和发展理念的深刻变迁，在矛盾冲突和演化中得以尽情展示。

新媒体展示

使用手机扫描下方二维码，即可观看本条获奖作品的新媒体展示。

收养脑瘫儿 14 年
环卫工夫妇感动众人

作品信息

作品类型：二等奖 · 文字消息
刊播单位：《三秦都市报》
报送单位：陕西省新闻工作者协会
主创人员：宋雨
编　　辑：周梦
作品字数：831 字
刊播版面：社会新闻 A8
首发日期：2017 年 10 月 14 日

三秦都市报
SAN QIN DU SHI BAO

作品简介

2017 年 10 月，记者在走基层时获悉，西安南郊一对环卫工夫妇收养了一个脑瘫男孩 14 年，通过悉心照顾给了这个被遗弃孩子最珍贵的童年。记者真实记录下孩子与一家人相处的过程，用鲜活的语言和现场感的描述，展示了这个特殊家庭的悲欢喜乐。

新媒体展示

使用手机扫描下方二维码，即可观看本条获奖作品的新媒体展示。

获奖理由

在深入推进社会主义核心价值观建设的时代背景下，这篇报道立意深远、表达生动，传播效果好，示范意义强，社会带动作用大。作者以真挚的感情、翔实的第一手材料，灵活运用多种写作手法，使全文跌宕起伏、脉络清晰、不蔓不枝、一气呵成。

安徽阜南8275名学生今年“回流”乡镇学校

作品信息

作品类型:二等奖·文字消息
刊播单位:《中国青年报》
报送单位:部委专业报初评委员会
主创人员:王磊
编　　辑:刘声、惠滢
作品字数:849字
刊播版面:要闻1
首发日期:2017年9月18日

作品简介

记者用数据说话,用事实立论,在有限的篇幅内,呈现生动的事例与教育工作者的切身感受,深入分析“回流热”的成因,反映出国家推进义务教育均衡发展给地方教育事业带来的深刻变化。

获奖理由

该文实际是一篇“表扬稿”,但在采写过程中,记者注意捕捉与主题相关的生动细节,由小见大,通过具体的数字和案例展现了我国推进义务教育的显著成效。文章文风朴实、表达流畅、逻辑清晰,体现了较高的新闻素养。

新媒体展示

使用手机扫描下方二维码,即可观看本条获奖作品的新媒体展示。

35 名贫困村第一书记申请留任

作品信息

作品类型：二等奖·文字消息
刊播单位：《安徽日报》
报送单位：安徽省新闻工作者协会
主创人员：夏海军
编　　辑：项良新、李揽月
作品字数：670 字
刊播版面：头版 1
首发日期：2017 年 4 月 10 日

作品简介

《安徽日报》充分发挥省委党报的优势，第一时间发现安徽第六批选派干部申请留任的光荣事迹，即着手联系扶贫办、组织部等部门，统计递交申请的人数。与此同时，记者深入贫困村采访，挖掘干部留任背后的感人故事。

新媒体展示

使用手机扫描下方二维码，即可观看本条获奖作品的新媒体展示。

获奖理由

这篇稿件政治站位高，立意高远，生动地反映了扶贫干部不畏艰难、勇于奉献，坚决留任驻村的感人事迹，在全国影响力巨大，是一篇政治意义强、新闻价值极高的优秀作品。

等不是办法，干才有希望

作品信息

作品类型：二等奖·文字消息
刊播单位：《人民日报》
报送单位：《人民日报》
主创人员：张帆、徐元锋
编　　辑：张忠、谢雨
作品字数：961字
刊播版面：要闻1
首发日期：2017年3月20日

人民日报

作品简介

20世纪90年代末，云南西畴县就以“苦熬不如苦干，搬家不如搬石头”的精神奋战石漠化而闻名。记者持续关注典型，深入偏远村寨，挖掘提炼了“西畴精神”的新内涵——“等不是办法，干才有希望”，突出展现了贫困群众脱贫致富的内生动力。

获奖理由

报道围绕打赢精准扶贫攻坚战，聚焦如何发挥群众主体作用、内生动力这个关键切口，用群众语言讲故事，写法生动灵活，篇幅短小精悍。稿件刊于1版头条，配发视频二维码，实现一次采集、多种生成，不失为融媒体传播的积极尝试。

新媒体展示

使用手机扫描下方二维码，即可观看本条获奖作品的新媒体展示。

井冈山在全国率先脱贫“摘帽”

作品信息

作品类型：二等奖 · 文字消息
刊播单位：《江西日报》
报送单位：江西省新闻工作者协会
主创人员：刘勇、郑颖
编　　辑：王晖、衷淑英
作品字数：888 字
刊播版面：要闻 1
首发日期：2017 年 2 月 27 日

江西日报

作品简介

井冈山革命根据地创建 90 周年、习近平总书记视察一周年之际，中国革命摇篮井冈山在全国率先脱贫“摘帽”，体现了中国革命的初心，意义重大、影响深远。作品从历史的维度，深刻揭示了中国革命摇篮井冈山脱贫“摘帽”的隽永内涵。

新媒体展示

使用手机扫描下方二维码，即可观看本条获奖作品的新媒体展示。

获奖理由

稿件以中国革命的初心、总书记对革命老区的特殊关爱为背景，生动刻画了井冈山人民不忘初心、感恩奋进、接续奋斗的豪迈气概和不朽功绩，题材重大，立意精巧，深刻反映了井冈山脱贫“摘帽”隽永的历史意义和恢宏的现实意义。

寸土寸金地让与贫困户

作品信息

作品类型：二等奖·文字消息
刊播单位：《湖南日报》
报送单位：湖南省新闻工作者协会
主创人员：刘勇、张尚武、肖玉泉
编　　辑：邓献忠、孙振华
作品字数：857 字
刊播版面：11
首发日期：2017 年 9 月 7 日

作品简介

2017 年 9 月初，记者在走基层过程中惊喜地发现，长沙市宁乡县海拔最高的山区乡——沩山乡，把非常宝贵的一块平地主动让给贫困户，把最好的资源用于第一民生工程。记者深受感动，通过简短的救灾事实巧妙体现出基层党员干部思想认识水平的提高。

获奖理由

扶贫题材的新闻作品不知凡几，但这篇来自于基层的消息十分独特。在刘少奇同志的家乡宁乡，一块寸土寸金的土地，不是用于商业开发，而是用来为贫困户建“千手爱心大屋”，这是基层党委政府落实习近平总书记“以人民为中心”的发展思想的生动例证。

新媒体展示

使用手机扫描下方二维码，即可观看本条获奖作品的新媒体展示。

省政府首次提起环境公益诉讼

作品信息

作品类型：二等奖 · 文字消息
刊播单位：《新华日报》
报送单位：新华通讯社
主创人员：杭春燕
作品字数：918 字
刊播版面：社会版 9
首发日期：2017 年 4 月 27 日

新华日报

作品简介

消息报道的是我国首次由省政府提起的环境公益诉讼案。多年来，公共生态环境在受到损害后，存在着索赔主体不明确等诸多问题，导致公共生态环境受损后往往得不到经济赔偿。记者在获悉开庭消息后，敏感意识到此事非同一般的意义。

新媒体展示

使用手机扫描下方二维码，即可观看本条获奖作品的新媒体展示。

获奖理由

消息篇幅短小却寓深刻时代内涵，材料典型且富事理逻辑，具有很强的标志性和启示性。文章见报当天，即被全国各大媒体广泛转载。目前通过搜狗搜索“省政府首次提起环境公益诉讼 杭春燕”，可见转载多达 1.3 万多条，社会影响极大。

不因唱衰而忧 不因看涨而乐

作品信息

作品类型：二等奖·文字评论
刊播单位：《北京青年报》
报送单位：北京市新闻工作者协会
主创人员：樊大彧
编　　辑：姬源
作品字数：1 283 字
刊播版面：每日评论 A2
首发日期：2017 年 2 月 20 日

作品简介

文章比较全面深入地分析了西方舆论或唱衰或看涨中国经济的原因，有助于受众更清醒地认识外部环境，更深刻地了解中国经济发展的不易以及前景的光明。文章有助于受众树立更为坚定的“中国信心”。

获奖理由

文章观点正确鲜明，政治站位坚定，论证准确有力，文风冷峻锐利，对公众正确认识“西方舆论看中国经济”富于警示与启迪意义，是一篇有助于中国人清醒把握“中国与世界”关系的好评论。

新媒体展示

使用手机扫描下方二维码，即可观看本条获奖作品的新媒体展示。

警惕形式主义
披隐身衣卷土重来

作品信息

作品类型：二等奖 · 文字评论
刊播单位：新华每日电讯
报送单位：新华通讯社
主创人员：何晨阳
编　　辑：易艳刚、刘晶瑶
刊播版面：新华每日电讯第 6 版
首发日期：2017 年 3 月 21 日

作品简介

记者结合在贫困镇挂职副镇长和平时采访、调研期间积累的大量鲜活案例，系统梳理了形式主义新变种的各种表现。编辑就稿件细节反复打磨，确保事实准确、表述稳妥，增加了习近平等关于反“四风”的经典论述，提高了站位，增强了说服力。

新媒体展示

使用手机扫描下方二维码，即可观看本条获奖作品的新媒体展示。

获奖理由

这篇评论非常犀利，它从精练的事例入手，既反映出一些基层干部追求形式主义的倾向，也将形式主义更隐蔽的表现进行画像，通过犀利语言呈现作者的思考，既引经据典，又结合案例娓娓道来，有很高的可读性、思想性、建设性。

不要让耀眼数字迷了眼睛

作品信息

作品类型：二等奖·文字评论
刊播单位：《山西日报》
报送单位：山西省新闻工作者协会
主创人员：张临山
编　　辑：丁伟跃
作品字数：986 字
刊播版面：要闻 1
首发日期：2017 年 12 月 3 日

作品简介

《山西日报》总编辑认为，经济数据越耀眼越要保持冷静，他责成记者执笔写篇评论，表达的是爬坡过坎转型疾行的山西，千万不要让当前耀眼数字迷了眼睛。小富即安、沾沾自喜的心态要不得，打退堂鼓、走回头路的倾向更值得警惕。

获奖理由

本篇评论传达了党报围绕中心服务大局的责任使命，体现了党报经济评论的权威性和影响力。这是一篇及时、独家、优秀的新闻评论作品。放在全国经济发展层面，这篇经济评论的观点也有参考价值。

新媒体展示

使用手机扫描下方二维码，即可观看本条获奖作品的新媒体展示。

一只羊的"诞生史"
——我省培育高山美利奴羊的阶梯式创新之路

作品信息

作品类型:二等奖 · 文字通讯
刊播单位:《甘肃日报》
报送单位:甘肃省新闻工作者协会
主创人员:李满福
编　　辑:尚德琪
作品字数:2 817 字
刊播版面:要闻 A01 转 03
首发日期:2017 年 1 月 4 日

甘肅日報
GANSU RIBAO

作品简介

中国农科院科技创新团队用了 20 年时间培育了具有自主知识产权的国家级畜禽新品种——高山美利奴羊。培育过程中的阶梯式创新之路,是农业科技工作者践行"双创"的具体实践。寻找身边的创新亮点,并体现其价值导向,是采写这篇文章的初衷。

新媒体展示

使用手机扫描下方二维码,即可观看本条获奖作品的新媒体展示。

获奖理由

记者用一只羊的"诞生",带给人们很多启示。"诞生"过程需要时间,需要不断地创新。该文章传递出正确的价值取向,具有引领作用。在立意和写法上,该作品是一种创新。

高高飘扬的“乌兰牧骑旗帜”

作品信息

作品类型：二等奖·文字通讯
刊播单位：《内蒙古日报》
报送单位：内蒙古自治区新闻工作者协会
主创人员：赵丹、包萨茹拉、巴依斯古楞
编　　辑：孙亚辉
刊播版面：头版 1
首发日期：2017 年 11 月 30 日

作品简介

习近平总书记于 11 月 21 日回信，记者在 11 月 22 日第一时间深入苏尼特右旗乌兰牧骑进行采访。记者对给总书记写信的 16 名队员进行了一一采访，深入了解总书记给乌兰牧骑队员回信的整个过程，挖掘背后的深刻意义。

获奖理由

该报道是在习总书记给苏尼特右旗乌兰牧骑回信后，自治区级媒体中第一时间推出的纪实报道，也是媒体深度融合的典范。该作品在有限的篇幅里相对完整地梳理了乌兰牧骑 60 年来的光辉历程。

新媒体展示

使用手机扫描下方二维码，即可观看本条获奖作品的新媒体展示。

给乡亲一个精神焕发的村庄

作品信息

作品类型：二等奖·深度报道
刊播单位：《贵州日报》
报送单位：贵州省新闻工作者协会
主创人员：集体
编　　辑：万群、李卫红
刊播版面：A01 转 A02
首发日期：2017 年 3 月 31 日

贵州日报

作品简介

乡村振兴、脱贫攻坚是新时代同步小康的重大命题，此文独到之处在于通过对安顺塘约这样一个在中国农村改革中具有重大特殊意义的村庄的过去、现在和未来的解读，展示了中国农村改革的波澜壮阔和农村基层党组织的强大生命力，彰显了时代变迁和深厚历史。

新媒体展示

使用手机扫描下方二维码，即可观看本条获奖作品的新媒体展示。

获奖理由

稿件通过贵州日报社融媒体刊发后，为乡村振兴、农村改革、破解“三农”问题、如何壮大农村集体经济等中国社会深层次问题提供了一个可资借鉴的清晰路径和范本，产生了广泛传播力和影响力，具有深刻的现实和长远意义。

生命，为祖国澎湃

作品信息

作品类型：二等奖·深度报道
刊播单位：新华通讯社
报送单位：新华通讯社
主创人员：吴晶、陈聪、周立权、
张建、王海鹰
编　　辑：赵承、陈俊
刊播版面：新华社通稿线路
首发日期：2017 年 5 月 17 日

作品简介

2017 年 2 月，黄大年因病逝世。新华社认为他是新时期不可多得的一位爱国科学家和知识分子典型，于是立刻展开采访，挖掘人物典型。此后经过三个月的采访、修改、打磨，这篇人物通讯一炮打响，充分彰显新华社大型人物通讯报道的整体实力和策划水平。

获奖理由

为掌握黄大年的第一手资料，新华社记者用了三个月时间，了解他的工作和生活故事，展现出一个爱国科学家的形象。新华社的报道有思想、有品质，感人至深、引人奋进，起到了鼓舞士气、成风化人的作用，这是典型人物报道的一次突破。

新媒体展示

使用手机扫描下方二维码，即可观看本条获奖作品的新媒体展示。

半年要评比 5 次
交叉检查变“拆台”

作品信息

作品类型：二等奖 · 文字通讯
刊播单位：《经济参考报》
报送单位：中国行业报协会
主创人员：集体
编　　辑：方家喜、赵东东
刊播版面：区域 8
首发日期：2017 年 12 月 6 日

经济参考报
Economic Information Daily

作品简介

扶贫干部们加班加点准备材料、迎接检查，有的干部一个月只有两个晚上不开会。记者通过蹲点调研，掌握了翔实的资料，抓住了典型的案例，率先在全国媒体中曝光了扶贫领域中存在的形式主义问题。

新媒体展示

使用手机扫描下方二维码，即可观看本条获奖作品的新媒体展示。

获奖理由

文章调查深入、案例典型、采写扎实，抓住了扶贫领域的四风问题，揭示了形式主义对脱贫攻坚工作带来的不良影响，有力推动了政府转变作风，遏制了无效评比检查的蔓延。

新房子只见楼梯不见楼

作品信息

作品类型:二等奖·文字通讯
刊播单位:《四川日报》
报送单位:四川省新闻工作者协会
主创人员:庞峰伟
编　　辑:梁现瑞、詹萍
作品字数:1 253 字
刊播版面:要闻 3
首发日期:2017 年 1 月 22 日

四川日报

作品简介

报道由一个贫困户的故事,反映出当地在易地扶贫搬迁工作中贯彻落实习近平总书记要求,坚持“贫困地区发展要靠内生动力;脱贫致富终究要靠贫困群众用自己的辛勤劳动来实现”理念的创新做法。

获奖理由

报道敏锐捕捉到新房只见楼梯不见楼这一异常现象,成功挖掘出推进易地扶贫搬迁的正面典型——从实际出发,坚持量力而行原则,符合国家政策,又着眼长远,激发贫困群众内生发展动力,对打好脱贫攻坚战有重要参考价值。

新媒体展示

使用手机扫描下方二维码,即可观看本条获奖作品的新媒体展示。

共享单车停放难倒 13 条热线

作品信息

作品类型：二等奖 · 文字通讯
刊播单位：《北京日报》
报送单位：北京市新闻工作者协会
主创人员：刘冕
编　　辑：赵中鹏、刘昊
作品字数：1 152 字
刊播版面：北京 · 城市 6
首发日期：2017 年 3 月 22 日

北京日報

作品简介

在北京首次划定“禁停”区域的时间节点，记者抓住小问题，通过跟进式采访，发现仅靠“堵”难以消除共享单车的乱停现象，采写完成此次报道。

新媒体展示

使用手机扫描下方二维码，即可观看本条获奖作品的新媒体展示。

获奖理由

记者反复核实新闻事实，力求得到最官方、最权威的答复。同时，稿件通过采访手记的方式，提出问题的解决建议，充分发挥了党报舆论监督的积极作用。

多吃主食死得早？多吃肥肉活得长？某些自媒体别再一本正经地胡说了！

作品信息

作品类型：二等奖 · 文字通讯
刊播单位：《扬子晚报》
报送单位：江苏省新闻工作者协会
主创人员：宋世锋
编　　辑：崔洪曙
作品字数：2 266 字
刊播版面：紫牛新闻 A3
首发日期：2017 年 9 月 7 日

作品简介

8 月 29 日，著名医学杂志《柳叶刀》发表了一项关于饮食方面的新研究，被一些自媒体解读成“多吃主食死得早”“多吃肉才健康”。经过研究论文原文，再加上专家的辟谣，记者证明自媒体解读的“多吃主食死得早”是谣言。

获奖理由

本文作者新闻敏感性强，在看到爆款的养生类文章时，没有盲目信任，而是利用自身扎实的基本功和深入的采访，打破自媒体炮制的谣言，具有很强的现实意义，取得了良好的社会效果。

新媒体展示

使用手机扫描下方二维码，即可观看本条获奖作品的新媒体展示。

一根糯玉米演绎的“供给侧改革”

作品信息

作品类型：二等奖 · 文字通讯
刊播单位：《安徽日报》
报送单位：安徽省新闻工作者协会
主创人员：史力
编　　辑：项良新、周太山
作品字数：2 231 字
刊播版面：头版 1
首发日期：2017 年 8 月 15 日

安徽日報

作品简介

这篇报道深入浅出、以小见大、指事说理、有点有面，将“供给侧改革”这样的大道理，通过一位普通农民种植、加工、销售玉米的实践，诠释得通俗易懂，既反映了现代农民的成长，也佐证了供给侧改革政策的做法顺应时势。

新媒体展示

使用手机扫描下方二维码，即可观看本条获奖作品的新媒体展示。

获奖理由

该报道一扫主题报道常见的呆板、空洞习气，另辟蹊径，从一根玉米写起，聚焦一位农民的种植实践，生动诠释了党和政府工作的大主题。报道见报后广受好评，转载量巨大。

“三块地”

作品信息

作品类型：二等奖 · 文字系列
刊播单位：《常州晚报》
报送单位：江苏省新闻工作者协会
主创人员：李昕、姜小莉、马浩剑、陆上早、
王党生、史水敏
作品字数：2 938 字、2 463 字、2 716 字
首发日期：2017 年 10 月 31 日至 11 月 2 日

常州晚报

作品简介

40 年前，农村土地制度改革拉开了中国改革开放的大幕。40 年过去了，农村土地制度改革如何深化，成为人们普遍关注的热点和难点。江苏省常州市武进区大胆探索，在“三块地”改革上均取得重大突破，对全国具有导向性意义。

获奖理由

第一篇报道见报后就引起巨大反响。三篇报道发完后，全国各地打给武进相关部门的电话更是不断。作品采访扎实深入、立意高远，发表后引起了巨大的社会反响。

新媒体展示

使用手机扫描下方二维码，即可观看本条获奖作品的新媒体展示。

来自巡视一线的报道

作品信息

作品类型：二等奖 · 文字系列
刊播单位：《中国纪检监察报》
报送单位：部委专业报初评委员会
主创人员：王珍、何韬、李志勇
作品字数：1 732 字、1 258 字、1 239 字
首发日期：2017 年 4 月 12 日至 4 月 18 日

作品简介

这是新闻媒体第一次零距离“贴身”观察、报道中央巡视组，全面呈现了巡视工作方式、工作流程和工作状态，可谓是“开先河之举”。这组系列报道准确把握尺度，真实呈现现场，具体释放中央精神，语言朴实、文风清新、见人见事。

新媒体展示

使用手机扫描下方二维码，即可观看本条获奖作品的新媒体展示。

获奖理由

该作品题材重大，有典型意义，敢于碰硬，取证扎实，社会效果显著，影响深远。从监督层级和效果看，在全国媒体中不多见。见报后，该作品被新华网、人民网、凤凰网等数十家网站转载。

寻找“最美女孩”

作品信息

作品类型：二等奖·文字系列
刊播单位：《西安晚报》
报送单位：中国新闻漫画研究会
主创人员：王晓英、张雷、张志杰
作品字数：1 282 字，967 字，1 533 字
首发日期：2017 年 4 月 19 日至 5 月 17 日

作品简介

西安一老人突然倒地昏迷，路过的女孩跪地抢救，救人过程被市民拍下。记者寻找目击者，还原全过程。从全城紧急寻人到女孩低调现身，从女孩讲述救人初衷到众市民讲述身边感动……最终牵动一座城的接力寻找完美落下帷幕。

获奖理由

该系列环环相扣，一个个感人故事娓娓道来，传递的全是满满的正能量。该系列报道有通讯有消息有小评论，还配有摄影图片，图文并茂、体裁丰富、环环相扣、层层递进，引起巨大的社会反响。

新媒体展示

使用手机扫描下方二维码，即可观看本条获奖作品的新媒体展示。

4 月 7 日《中国日报》要闻 3

作品信息

作品类型：二等奖·报纸版面
刊播单位：《中国日报》
报送单位：中国新闻漫画研究会
主创人员：田驰、杨柳、莫竞西
版面名称：要闻 3
发表日期：2017 年 4 月 7 日

作品简介

2017 年 4 月 6 日至 7 日，习近平主席在美国佛罗里达州海湖庄园与美国总统特朗普会晤，这是特朗普就任美国总统后，两国元首的首次会晤。《中国日报》使用数据新闻的形式进行报道，向全球读者说明中美关系的密切性和重要性。

新媒体展示

使用手机扫描下方二维码，即可观看本条获奖作品的新媒体展示。

获奖理由

版面大胆创新，用数据新闻的形式，对海湖庄园会晤进行专题报道。版面通过对海量中美相关数据的分析挖掘，注重展示中美宏观情况，用事实说话，让视觉发声，传达此次会晤对于促进两国发展和构建新型大国关系的重大意义。

12 月 13 日《新华日报》封面 T1

作品信息

作品类型：二等奖 · 报纸版面
刊播单位：《新华日报》
报送单位：中国新闻漫画研究会
主创人员：张晓贞、周贤辉、沈东
版面名称：封面 T1
发表日期：2017 年 12 月 13 日

新华日报

作品简介

“国家公祭日特别报道”的封面版，以焦灼的粗岩肌理象征全民族的惨痛记忆和中华儿女英勇抗击的坚韧意志；以日军大范围、大规模制造屠戮血案的地点和死亡人数，用血淋淋的直观方式，将惨烈的事实呈现在世人面前。

获奖理由

版面以罹难国土的版图为主要元素，表达了今天人们对惨遭日本侵略者杀戮的死难同胞的哀思和对和平的珍爱。版面极富视觉冲击力，做到了新闻性与艺术性的统一，受到了读者的称赞。

新媒体展示

使用手机扫描下方二维码，即可观看本条获奖作品的新媒体展示。

高山仰止

作品信息

作品类型：二等奖 · 报纸副刊
刊发单位：《江西日报》
报送单位：中国报纸副刊研究会
作　　者：柳易江
责任编辑：杨惠珍、祝芸生
作品字数：7 976 字
刊发版面：井冈山 B3
发表日期：2017 年 3 月 10 日

江西日報

作品简介

支月英，全国重大典型——“感动中国”人物，全国优秀党员……执教高山 37 年，绚烂了两代人的童年。本篇新闻价值高格，人文情怀深厚，文学色彩浓郁，形象真实可亲，社会意义重大，传播效果强劲。

新媒体展示

使用手机扫描下方二维码，即可观看本条获奖作品的新媒体展示。

获奖理由

细腻温婉灵动的文字，勾画出鲜活丰满可人的形象——闪耀着新时代之光的山区女老师支月英。文章时代感强烈、社会意义重大、艺术品位高雅，有情怀有思想，有诗意有分量，是一篇报告文学精品，是“讲好中国故事”的优秀作品。

洄游中国

作品信息

作品类型：二等奖·报纸副刊
刊发单位：《中国青年报》
报送单位：部委专业报初评委员会
作　　者：张国
责任编辑：从玉华
字　　数：7 973 字
刊发版面：冰点特稿 12
发表日期：2017 年 1 月 11 日

作品简介

为了说明中国正在经历最大规模“海归潮”现象，作者选取从硅谷回流的互联网工程师、科学家施一公等人的故事，探究中国国力的上升及其对高级人才的“托举”能力。

获奖理由

作品选取从硅谷回流的互联网工程师、科学家施一公等人的故事，反映中国当下正在经历的“海归潮”，并通过受访者的言谈，点明了要做中国发展的参与者而不是“旁观者”的主题，富有感召力、思辨力、影响力。

新媒体展示

使用手机扫描下方二维码，即可观看本条获奖作品的新媒体展示。

54 年，老兵回家路

作品信息

作品类型：二等奖·调查性报道
刊播单位：《南方周末》
报送单位：广东省新闻工作者协会
主创人员：姚忆江、郑宇钧
编　　辑：苏永通
刊播版面：要闻 A02
首发日期：2017 年 2 月 16 日

作品简介

本文为国内首篇独家专访王琪从军时的老班长及其老战友的集大成之作。记者零距离跟随目击王琪全家归国的全过程，并先后两赴咸阳、北京，贴身专访王琪及其家人，在纸媒中做出独树一帜的独家报道，获得较好的传播反响。

新媒体展示

使用手机扫描下方二维码，即可观看本条获奖作品的新媒体展示。

获奖理由

该报道从国内稀缺的报道角度切入，瞄准中印两国在地缘政治层面的历史演变和现实突破，通过零距离的冷静笔触，深入肌理地呈现出一段历史与现实交织的人性故事，充分反映了《南方周末》一贯的人文特质和特稿传承。

这28项治疗我都没做过

作品信息

作品类型：二等奖·调查性报道
刊播单位：《中国消费者报》
报送单位：中国行业报协会
主创人员：田珍祥
编　　辑：游婕
作品字数：2 529 字
刊播版面：要闻 1
首发日期：2017 年 12 月 1 日

作品简介

记者历时 1 个多月，3 次赴天津市明察暗访，揭露二级公立医院利用住院老人虚开治疗费、套取财政资金的问题。记者多方求证，获取到该医院虚开治疗项目，以虚假住院费用清单套取资金的事实依据，确认涉及 10 多名住院老人，金额巨大。

获奖理由

这篇分量十足的调查性报道，引起了天津市主要领导的重视。报道以坚定的民本视角，揭露了基层医疗机构存在的普遍性问题，也带出了对现有医疗机构管理制度改革的思考，具有很强的现实意义。

新媒体展示

使用手机扫描下方二维码，即可观看本条获奖作品的新媒体展示。

中国新闻奖

文字类 · 三等奖

6张停工通知书 咋管不住1个违法项目

作品信息

作品类型:三等奖·文字消息
刊播单位:《工人日报》
报送单位:部委专业报初评委员会
主创人员:胡小峰、余嘉熙
编　　辑:杨召奎、刘津农
作品字数:975字
刊播版面:要闻4
首发日期:2017年3月27日

作品简介

2017年3月,记者接到举报,河南一幢违章建筑多次被举报却不了了之。经记者追问和调查发现:一个月内,当地住建局城建监察大队竟向这个项目下达了6张停工通知书且内容相同。在采访掌握大量事实后,记者采写了这篇独家报道。

获奖理由

该文章属于一篇监督性报道,记者根据举报得来的线索,进入实地调查。记者抓住了这个线索的核心要点:6张内容相同的停工通知书,却没能管住一个违法项目。这一事件关乎民生,受众面广,且矛盾冲突剧烈。

新媒体展示

使用手机扫描下方二维码,即可观看本条获奖作品的新媒体展示。

云南发布全国首个省级生物物种红色名录

作品信息

作品类型：三等奖 · 文字消息
刊播单位：《云南日报》
报送单位：云南省新闻工作者协会
主创人员：胡晓蓉
编　　辑：肖莹
作品字数：608 字
刊播版面：要闻 1 转 2
首发日期：2017 年 5 月 23 日

作品简介

记者及时捕捉到此次发布的《云南省生物物种红色名录（2017 版）》是我国首个省级生物物种红色名录，通过深入采访，全面报道了该名录发布的主要内容，其对云南和全国生物多样性保护、研究产生的重要意义和价值。

新媒体展示

使用手机扫描下方二维码，即可观看本条获奖作品的新媒体展示。

获奖理由

记者对于事件的重要性和显著性有准确预判和把握。稿件内容翔实，具有很强的新闻性和时效性。为深入推进生物多样性保护工作，呼吁社会各界主动行动，保护美丽云南，守护好我国西南生态安全屏障营造了良好的舆论氛围。

乌兰察布攻克
“四虫两病”防治世界性难题

作品信息

作品类型：三等奖·文字消息
刊播单位：《内蒙古日报》
报送单位：内蒙古自治区新闻工作者协会
主创人员：薛来
编　　辑：杨佐坤
作品字数：867字
刊播版面：要闻1
首发日期：2017年8月30日

作品简介

内蒙古自治区成立70周年大庆期间，记者在集宁区冷凉蔬菜院士工作站发现了这项领先世界农科的重大选题。该篇不落窠臼，突破了科技类新闻呆板、笨重的叙事方式，将这个新型生物制剂向读者进行了全方位展示。

获奖理由

消息导语运用强烈对比，迅速引入主题，彻底打破科技类新闻呆板、笨重的叙事方式。一项扎根基层的科研成果，带来一场革命性的农科产品更替。简洁平实叙述间，新闻的本意得以凸显，工匠精神以及农业科技的力量得到升华和传播。

新媒体展示

使用手机扫描下方二维码，即可观看本条获奖作品的新媒体展示。

河池脱贫经验
“出口”亚非国家

作品信息

作品类型：三等奖 · 文字消息
刊播单位：《河池日报》
报送单位：广西新闻工作者协会
主创人员：龙隆
编　　辑：田敏、李晓贞
作品字数：942 字
刊播版面：要闻 1
首发日期：2017 年 6 月 19 日

作品简介

记者在与当地官员闲谈中得知经常有“老外”到河池考察扶贫，敏锐地意识到其中的重大新闻价值。经了解，记者发现到河池考察的“老外”有着深厚的背景，是我国积极参与国际减贫事业和努力推动南南合作的具体体现。

新媒体展示

使用手机扫描下方二维码，即可观看本条获奖作品的新媒体展示。

获奖理由

文章因其新颖独特的视角，引发社会的广泛关注。地级市党报主动发声，聚焦国际减贫事业和南南合作这类重大国际问题，并精心设置议题，掌握了舆论主动权，发挥了引导舆论的作用。

两位诺奖得主
将在沪拿“中国绿卡”

作品信息

作品类型：三等奖·文字消息
刊播单位：《解放日报》
报送单位：上海市新闻工作者协会
主创人员：俞陶然
编　　辑：徐蓓蓓、王仁维
作品字数：985 字
刊播版面：要闻 1
首发日期：2017 年 11 月 24 日

作品简介

十九大召开期间，诺贝尔化学奖得主费林加在三家单位工作人员的陪同下办理“中国绿卡”申请手续。记者在现场见证了全过程，并采访了费林加。一个月后，在相关流程基本走完之际，栏目刊发了这篇独家消息。

获奖理由

在全国范围内首次报道了诺贝尔奖得主便捷申请“中国绿卡”一事，释放出中国深化改革开放、向世界广纳贤才的积极信号。独家报道了上海加快建设具有全球影响力的科创中心、为外籍高层次人才悉心服务的典型案例。

新媒体展示

使用手机扫描下方二维码，即可观看本条获奖作品的新媒体展示。

青海产光纤
一年可绕地球 325 圈

作品信息

作品类型：三等奖 · 文字消息
刊播单位：《西海都市报》
报送单位：青海省新闻工作者协会
主创人员：周建萍
编　　辑：马吉祥
作品字数：926 字
刊播版面：A03
首发日期：2017 年 12 月 2 日

作品简介

作品的特别之处就在于把原本生硬的经济新闻软化处理，将素材亮点以量化的形式通俗地展现出来。趣味式的标题和导语引人注目，硬题软做的同时，增强了可读性。文中亮点是作者与企业负责人闲谈中无意换算得出的。

新媒体展示

使用手机扫描下方二维码，即可观看本条获奖作品的新媒体展示。

获奖理由

稿件以小见大地体现出青海省在促进工业经济由要素拉动向科技创新驱动转变中，政府与企业共同推动新兴产业向高端化、规模化、集群化方向发展所做出的努力，将青海工业升级中的缩影展现得淋漓尽致。

普光气田为长江经济带注入绿色动能

作品信息

作品类型：三等奖·文字消息
刊播单位：《中原石油报》
报送单位：河南省新闻工作者协会
主创人员：刘传波、王瑞
编　　辑：高利明
作品字数：905 字
刊播版面：要闻 1
首发日期：2017 年 12 月 14 日

中原石油报

作品简介

报道从长江经济带绿色发展的角度出发，从改善下游一次能源消费结构、促进美丽乡村建设、缓解“气荒”等角度进行阐述，从而展示了普光气田为长江经济带绿色发展带来的积极影响。

获奖理由

这则消息切口虽小，关注的却是长江经济带绿色发展这一大主题，具有很强的针对性和现实意义。作品抓住当前社会经济的“热点”，用事实凸显主题；采访扎实，生动可感；文字凝练，层次分明；结构紧凑，行文流畅，信息丰富。

新媒体展示

使用手机扫描下方二维码，即可观看本条获奖作品的新媒体展示。

千万“活鱼”搅活广东市场

作品信息

作品类型：三等奖 · 文字消息
刊播单位：《南方日报》
报送单位：广东省新闻工作者协会
主创人员：刘倩、黄应来
编　　辑：黄常开、谢思佳
作品字数：952 字
刊播版面：要闻 A01
首发日期：2017 年 11 月 22 日

作品简介

记者先后采访企业、专家、相关政府部门，通过严密的逻辑，层层论证了广东营商环境不断优化，愿意来广东投资创业的人越来越多，也意味着广东全面深化改革取得了一定成效。

新媒体展示

使用手机扫描下方二维码，即可观看本条获奖作品的新媒体展示。

获奖理由

报道将千万市场主体提炼为千万“活鱼”，巧妙而生动地比喻活力十足的广东实有市场，为唱响广东营造良好的舆论氛围，极大地鼓舞了全省士气。作品语言精练、由点及面、层层推进，段落之间逻辑严密、论证线索清晰。

国产煤制油核心技术装备逆袭国际市场

作品信息

作品类型：三等奖·文字消息
刊播单位：《神华能源报》
报送单位：宁夏新闻工作者协会
主创人员：王建君
编　　辑：吴薇
刊播版面：要闻 1
首发日期：2017 年 1 月 6 日

神華能源報

作品简介

煤制油项目技术装备长期被国外厂商垄断，全球单套装置规模最大的神宁 400 万吨煤制油项目不但实现了技术装备国产化，而且同步实现了国产煤制油核心技术装备对国际市场的反向输出。

获奖理由

我国重大工业项目建设中大多依赖进口技术装备做支撑，核心技术缺乏是瓶颈。神宁煤制油项目是目前世界上单套装置规模最大、投资最多、拥有我国自主知识产权的煤炭间接液化示范项目。稿件发表起到了扬国威、壮志气的作用。

新媒体展示

使用手机扫描下方二维码，即可观看本条获奖作品的新媒体展示。

安吉九成村庄用上城市物业

作品信息

作品类型:三等奖·文字消息
刊播单位:《湖州日报》
报 送 人:李晓俊
主创人员:李晓俊、王炜丽、俞乐斌
编　　辑:沈振建
作品字数:902 字
刊播版面:要闻 A01
首发日期:2017 年 12 月 22 日

作品简介

作为浙江省率先实施城市物业进农村措施的县,安吉用上城市物业的村庄不断增多,有效破解了美丽乡村建设的难题。作者在前期积累了大量素材基础上,通过多层面采访,全面了解城市物业进农村后带来的美丽变化。

新媒体展示

使用手机扫描下方二维码,即可观看本条获奖作品的新媒体展示。

获奖理由

作者实时追踪工作进展,以该县用上城市物业的行政村达到 90%为切入点,从县域如何加快推进乡村振兴的高度出发,生动反映了安吉在乡村振兴先行进程中的创新精神和务实举措。作品有高度、有新意,采访认真,写作细致。

Nation Launches Mighty New "Island-maker"
(中国性能强劲的新型"造岛神器"下水)

作品信息

作品类型：三等奖 · 文字消息
刊播单位：《中国日报》
报送单位：《中国日报》
主创人员：赵磊
编　　辑：朱喆
作品字数：420 字
刊播版面：要闻 1
首发日期：2017 年 11 月 4 日

作品简介

记者获悉"天鲲号"下水后，马上联系研发人员，并独家采访了此船的总设计师。报道围绕"天鲲号"亚洲最强"造岛神器"这一地位，解读了该船的先进性和重要用途，向外界展示了我国在陆域吹填装备领域的研发制造实力。

获奖理由

中国是世界海洋工程大国。"天鲲号"的成功下水，标志着我国陆域吹填装备从中国制造到中国创造的转变。采编团队从"造岛神器"这一吸引眼球的角度入手，凸显了"天鲲号"的战略地位，在海内外取得了良好的转播效果。

新媒体展示

使用手机扫描下方二维码，即可观看本条获奖作品的新媒体展示。

炎黄的祖先
不是来自非洲

作品信息

作品类型：三等奖・文字消息
刊播单位：《河南日报》
报送单位：河南省新闻工作者协会
主创人员：陈炜、赵慎珠、温小娟
编　　辑：王国庆
作品字数：915 字
刊播版面：要闻 1
首发日期：2017 年 3 月 4 日

作品简介

美国东部时间 2017 年 3 月 3 日，美国《科学》期刊发表研究论文《中国许昌出土晚更新世古人类头骨研究》，该论文第一作者是河南学者李占扬。《河南日报》在该论文发表的同时，用翔实和科学的语言，向广大受众传播了这一成果。

新媒体展示

使用手机扫描下方二维码，即可观看本条获奖作品的新媒体展示。

获奖理由

这篇消息报道是有关人类起源的重要研究发现，是受众关注的考古结果，也是和发布者《科学》期刊同步（12 小时时差）推出的，既没有抢，更没有慢。各新闻要素齐备，是一篇结构合理、表达清晰、语言精准的高质量消息。

我省以电代煤“放大招”

作品信息

作品类型：三等奖 · 文字消息
刊播单位：《吉林日报》
报送单位：吉林省新闻工作者协会
主创人员：杨悦
编　　辑：吕瑞东、王大阔
作品字数：702 字
刊播版面：要闻 1
首发日期：2017 年 5 月 1 日

吉林日报
JILIN DAILY

作品简介

本篇消息是对吉林省以电代煤重要举措的一次报道。记者抓住华能长春热电厂实现全球最大固体蓄热式电锅炉成功实现并网运行这一事件，紧扣新能源发展这一重大主题，以小见大，将专业性较强的素材阐述得一目了然。

获奖理由

这是一篇反映科技创新的事件性新闻——用蓄电式电锅炉取代燃煤锅炉，从而达到节能、环保效果。“全球最大”意义非凡，记者通过数据对比让读者一目了然。作品行文细腻，交代清楚。

新媒体展示

使用手机扫描下方二维码，即可观看本条获奖作品的新媒体展示。

比起诺奖，我们更需要诺奖级的创新

作品信息

作品类型：三等奖 · 文字评论
刊播单位：《科技日报》
报送单位：部委专业报初评委员会
主创人员：张梦然
编　　辑：王俊鸣
作品字数：924 字
刊播版面：要闻 1
首发日期：2017 年 10 月 9 日

科技日報

作品简介

屠呦呦摘得诺贝尔奖之后，国内学者何时能再获诺奖的讨论从未停歇。但这一类型的探讨却未必是目前中国科研领域需要看到的全部内容。2017 年 10 月 9 日，诺贝尔三大自然科学奖项均已出炉，本篇评论适时而出。

新媒体展示

使用手机扫描下方二维码，即可观看本条获奖作品的新媒体展示。

获奖理由

此评论站在人类发展，特别是中华民族步入新时代的高度，审视了中国科技创新应有的担当，旗帜鲜明地提出科技强国建设的主要需求，高屋建瓴地对科技发展趋势进行准确判断，彰显了《科技日报》引领舆论的作用。

贫穷不可怕，就怕“不怕穷”

作品信息

作品类型：三等奖·文字评论
刊播单位：《农民日报》
报送单位：部委专业报初评委员会
主创人员：施维
编　　辑：何兰生、张凤云
作品字数：1 811 字
刊播版面：观点版 3
首发日期：2017 年 9 月 13 日

作品简介

文章分析了贫困群众“不怕穷”背后的深层次原因，提出所谓的“不怕穷”其实是“穷怕了”的表现，这本身也是深度贫困造成的后遗症。文章还对默认、放任群众“不怕穷”与“逼”着群众脱贫两种错误思路给予了警示。

获奖理由

作品从贫困群众“不怕穷”这一特殊视角着手，从采访中的实际感受出发，对脱贫攻坚这一重大命题进行了深度思考和深入探讨。作品时时透露出以人民为中心的理念，既直面痛点又弘扬正能量，既直抵人心又展现温情。

新媒体展示

使用手机扫描下方二维码，即可观看本条获奖作品的新媒体展示。

盲目“按惯例”也是懒政

作品信息

作品类型：三等奖 · 文字评论
刊播单位：《辽宁日报》
报送单位：辽宁省新闻工作者协会
主创人员：刘立纲
编　　辑：张福俊
刊播版面：A1 版
首发日期：2017 年 8 月 8 日

作品简介

当前，一些干部仍存在着思维固化、畏葸不前等现象。这种不良作风是懒政怠政的表征之一，是“四风”问题的变种，虽普遍存在却又容易被忽视。为此，笔者写出了《盲目“按惯例”也是懒政》，对该现象予以批判和剖析。

新媒体展示

使用手机扫描下方二维码，即可观看本条获奖作品的新媒体展示。

获奖理由

评论作者以高度的新闻敏感和有担当的职业精神，直面积弊、勇于发声，以小切口反映大主题，极具现实针对性。文章观点鲜明独到、逻辑严密清晰，言之有物、言之有理、言之有据，充分体现了党报的政治性、思想性、指导性。

用“红船精神”凝聚力争上游的力量

作品信息

作品类型：三等奖・文字评论
刊播单位：《重庆日报》
报送单位：重庆市新闻工作者协会
主创人员：单士兵
编　　辑：张永才、许阳
作品字数：1 553 字
刊播版面：要闻 3
首发日期：2017 年 12 月 15 日

作品简介

党的十九大闭幕后，各地掀起弘扬“红船精神”的热潮。作者根据习近平总书记对重庆提出的“两点”“两地”的定位要求，结合重庆地处长江上游的特点，明确提出观点，要用“红船精神”来凝聚力争上游的力量。

获奖理由

本文立意高远、结构严谨、逻辑清晰、论据充分、说理透彻、文风朴实，体现了党报在统一思想、凝聚力量方面的重要引领作用，是一篇优秀的评论文章。

新媒体展示

使用手机扫描下方二维码，即可观看本条获奖作品的新媒体展示。

“八千湘女”的尊严不容亵渎

作品信息

作品类型：三等奖・文字评论
刊播单位：《中国妇女报》
报送单位：部委专业报初评委员会
主创人员：姚鹏
编　　辑：吴瑛、张园园
刊播版面：要闻 A2
首发日期：2017 年 2 月 10 日

作品简介

本文针对互联网上对“八千湘女”的诬蔑和攻击进行了反驳，指出对“八千湘女”上天山的争论是一个历史观的问题。“八千湘女”的尊严不容亵渎，她们的精神理应得到社会的尊重，这才是对待历史应有的态度。

新媒体展示

使用手机扫描下方二维码，即可观看本条获奖作品的新媒体展示。

获奖理由

针对网络上对“八千湘女”历史事件的歪曲和诬蔑，该文旗帜鲜明地进行了反驳，指出“八千湘女”是为国家做出过牺牲和奉献的一代人，女性尊严和新中国建设者的尊严不容亵渎。文章发挥了引导舆论的社会导向作用。

两袋玉米面
报恩半世纪

作品信息

作品类型：三等奖·文字通讯
刊播单位：《和田日报》
报送单位：新疆维吾尔自治区新闻工作者协会
主创人员：王金晶、胡晓东
编　　辑：范静
作品字数：2 465 字
刊播版面：和田新闻 3
首发日期：2017 年 12 月 13 日

作品简介

记者在皮山县采访时了解到，在 20 世纪 70 年代困难时，一位维吾尔族同胞接济了一位汉族老人和他家人两袋玉米面。汉族老人为报答恩情，信守承诺，近半个世纪倾情付出以报恩。记者第一时间深入采访，首发此篇报道。

获奖理由

当年的两袋玉米面，换来了两代人跨越半个世纪的浓浓亲情。这样的事迹对教育全疆各族干部群众聚焦新疆工作总目标、维护民族团结具有引导意义。文章向世人展现了和田各族人民信守承诺、团结友爱、守望相助的良好形象。

新媒体展示

使用手机扫描下方二维码，即可观看本条获奖作品的新媒体展示。

基层党组织的“主心骨”
群众脱贫致富的“领头雁”

作品信息

作品类型：三等奖 · 文字通讯
刊播单位：《拉萨晚报》
报送单位：西藏自治区新闻工作者协会
主创人员：赵慧
编　　辑：李进、韩英琴
作品字数：2 812 字
刊播版面：要闻 2
首发日期：2017 年 3 月 21 日

作品简介

为进一步弘扬时代主旋律、传播正能量，本文以一位村党支部书记为切入点，运用真实生动的事例记录了他担任该村党支部书记 17 年来，不忘初心，砥砺前行，撸起袖子加油干，用青春和汗水谱写人生的辉煌篇章。

新媒体展示

使用手机扫描下方二维码，即可观看本条获奖作品的新媒体展示。

获奖理由

该稿件见人见事，体现了基层优秀党支部书记的风貌，进一步弘扬了时代主旋律，全方位、多角度地宣传了拉萨基层党建的硕果。

瘦身钢筋再现

作品信息

作品类型：三等奖·文字通讯
刊播单位：《南国都市报》
报送单位：海南省新闻工作者协会
主创人员：林文泉
编　　辑：阮晓芳
作品字数：1 971 字
刊播版面：要闻 A03
首发日期：2017 年 7 月 7 日

作品简介

一位老乡多年来在海南各工地做钢筋工，偶然透露工地上使用的钢筋是经过“瘦身”的。随后，记者根据此线索，历经半个多月，走访了海口市多家钢筋加工厂，确定滨海九小旁的水利工程使用了“瘦身”钢筋，遂对此事进行了曝光。

获奖理由

此报道虽然不是“瘦身”钢筋第一篇报道，但记者通过暗访，对“瘦身”钢筋加工过程，以及利益产业链进行曝光，让这个违法行业被社会各界监督，从而达到打击违法行业、维护正常市场秩序、保证工程质量的目的。

新媒体展示

使用手机扫描下方二维码，即可观看本条获奖作品的新媒体展示。

“一颗土豆”的供给侧改革

作品信息

作品类型：三等奖 · 文字通讯
刊播单位：《青海日报》
报送单位：青海省新闻工作者协会
主创人员：王颖
编　　辑：张月环
作品字数：2 400 字
刊播版面：经济聚焦九版 9
首发日期：2017 年 5 月 31 日

作品简介

记者深入田间地头，详细深入了解了青海省推广的全膜覆盖栽培技术为农业、农民带来的增产增效的情况，通过“一颗土豆”的种植、生产、经营的发展历程折射出青海省农业供给侧改革的现状、前景和方向。

新媒体展示

使用手机扫描下方二维码，即可观看本条获奖作品的新媒体展示。

获奖理由

作品抓住老百姓心目中的这件大事，深入采访，将“温饱土豆”“脱贫土豆”到“致富土豆”的发展历程用生动、简练、平实的语言展现在读者面前，令人耳目一新。小小土豆蕴含的原来是如此丰富的内涵。

一粒小麦变身500种产品

作品信息

作品类型：三等奖·文字通讯
刊播单位：《光明日报》
报送单位：《光明日报》
主创人员：李慧
编　　辑：郭丽君、李锦云
作品字数：2 268 字
刊播版面：经济社会新闻 8
首发日期：2017 年 9 月 25 日

光明日报

作品简介

这篇报道的选题来自于国家粮食局的一个会议。从会上得知我国粮食转型升级面临的问题和挑战后，记者深入调研，跳出会议做新闻、以小见大看变化、以问题视角做报道，让农业供给侧结构性改革问题立体起来，鲜活起来。

获奖理由

这是一篇具有深刻思想性和问题意识的新闻作品，角度新颖、说理充分、结构严密，从一粒小麦看粮食行业转型升级以及我国农业供给侧结构性改革新路径，以小见大、独具慧眼，体现了《光明日报》的文化品位和思想特色。

新媒体展示

使用手机扫描下方二维码，即可观看本条获奖作品的新媒体展示。

山邑“三问”

作品信息

作品类型：三等奖 · 文字通讯
刊播单位：《保山日报》
报送单位：云南省新闻工作者协会
主创人员：李建国
编　　辑：王克强、杨景皓
作品字数：3 410 字
刊播版面：要闻 1 转 2
首发日期：2017 年 11 月 27 日

作品简介

2014 年以来，记者持续跟踪施甸县山邑村的村集体经济发展模式，先后采访报道“山邑模式”10 余次。2017 年 10 月，记者再次走进施甸县山邑村，采取蹲点调研方式，深入采访 4 天，以调查性报道的方式，形成了见报的深度报道。

新媒体展示

使用手机扫描下方二维码，即可观看本条获奖作品的新媒体展示。

获奖理由

“山邑模式”是推进农村因地制宜、集约化经营盘活土地资源，促进农村经营体制改革的成功范例，《保山日报》持续关注多年。该调查性报道从读者的关注点出发，全面系统地介绍了“山邑模式”的精髓和经验，角度新颖，文风朴实。

让农民分享改革发展的成果

作品信息

作品类型:三等奖·文字通讯
刊播单位:《江西日报》
报送单位:重庆大学
主创人员:李旭
编　　辑:罗云羽、龚莉芹
作品字数:2 836 字
刊播版面:要闻 A1
首发日期:2017 年 11 月 23 日

江西日报

作品简介

记者相继调查采访了宜春、南昌、抚州、九江、上饶等地推进农村集体产权制度改革的做法,采写了该篇稿件,意在总结归纳好经验,探索改革过程中遇到的难题及破解办法,为全省农村集体产权制度改革提供有益借鉴。

获奖理由

该作品选题重大,敏锐抓住农村集体产权制度改革这个值得关注的重大题材,不仅报道江西省在实践中的成功经验,而且不回避实践中遇到的问题,并探寻破解之道,起到了释疑解惑的作用,具有良好的传播力、引导力、影响力。

新媒体展示

使用手机扫描下方二维码,即可观看本条获奖作品的新媒体展示。

穿过大半个地球来接你

作品信息

作品类型：三等奖 · 文字通讯
刊播单位：《中国民航报》
报送单位：中国行业报协会
主创人员：钱擘
编　　辑：肖敏
作品字数：1 994 字
刊播版面：要闻 1
首发日期：2017 年 10 月 4 日

作品简介

当地时间 2017 年 9 月 18 日，五级飓风“厄玛”重创加勒比海地区，我国政府安排中国东方航空派出包机，接运灾区中方人员回国。29 日，记者随包机出发，在航班上连续发回多篇直播报道，回国后又补充采访，撰写了本篇通讯。

新媒体展示

使用手机扫描下方二维码，即可观看本条获奖作品的新媒体展示。

获奖理由

本篇报道主题切中社会热点，深入、翔实、生动地展现了民航撤运海外灾区中方人员的重大新闻事件，产生了良好的宣传效果和社会反响。

燃烧自己生命 播下未来种子
——追忆英年早逝的复旦大学教授钟扬

作品信息

作品类型:三等奖·文字通讯
刊播单位:《新民晚报》
报送单位:上海市新闻工作者协会
主创人员:张炯强
编　　辑:裘正义、姚阿民
作品字数:2 875 字
刊播版面:要闻 4
首发日期:2017 年 10 月 14 日

作品简介

援藏干部、复旦大学研究生院院长钟扬教授因公不幸离世,《新民晚报》敏锐地抓住重要先进典型进行深度挖掘,策划重点报道。记者在前期收集的丰富材料基础上,撰写了此长篇通讯,突出了钟扬同志的奉献精神和家国情怀。

获奖理由

文章不仅通过大量生动的细节,让读者看到一名优秀的科研工作者,更让大家看到一名优秀共产党员的家国情怀,从而使报道的立意达到了相当的高度。文章还通过钟扬生前的名言,诠释了生命的意义。

新媒体展示

使用手机扫描下方二维码,即可观看本条获奖作品的新媒体展示。

一只羊的进京路

作品信息

作品类型：三等奖 · 文字通讯
刊播单位：《中国医药报》
报送单位：中国行业报协会
主创人员：王依依
编　　辑：董笑非
作品字数：1 975 字
刊播版面：食药之声 3
首发日期：2017 年 6 月 16 日

中国醫藥報
China Pharmaceutical News

作品简介

本文以“一只羊的进京路”作比，体现了京津冀一体化工作开展以来，食药监管部门从入京前源头把控、入京途中监控、入京后检查等方面入手，严把入京肉制品质量关。记者奔赴批发中心及屠宰场，重现屠宰场中企业自查的源头。

新媒体展示

使用手机扫描下方二维码，即可观看本条获奖作品的新媒体展示。

获奖理由

记者采用明、暗两条线的写作手法，明线是深入采访从河北保定屠宰场到北京新发地批发市场整个京津冀肉制品供应链的流程。暗线是每个供应链环节对肉制品的质量安全保障措施。本文注重细节，具有现场感和画面感。

特警七勇士深入“虎口”助10名群众脱险

作品信息

作品类型：三等奖·文字通讯
刊播单位：《人民公安报》
报送单位：中国行业报协会
主创人员：王旭东、胡雪
编　　辑：王传宗、丘勋锐
作品字数：1 065字
刊播版面：要闻4
首发日期：2017年8月12日

人民公安报

作品简介

这是记者深入震区采访、挖掘并由《人民公安报》首发的抗震救灾感人故事。2017年8月8日，四川省阿坝藏族羌族自治州发生地震，公安机关迅速行动，投入抗震救灾工作中。稿件通过倒叙的结构，将救援细节、画面呈现在读者面前。

获奖理由

这是抓突发新闻“活鱼”的很好例子。作者通过对一个由7名特警队员组成的救援小组的追踪拍摄，展现了广大公安民警迎难而上、不屈不挠的钢铁意志。稿件现场感强、细节突出、以小见大，通过讲故事的手法展现地震中万众一心拯救生命的大主题。

新媒体展示

使用手机扫描下方二维码，即可观看本条获奖作品的新媒体展示。

Foreign Families Achieve Their Chinese Dream
(外国家族喜圆“中国梦”)

作品信息

作品类型：三等奖 · 深度报道
刊播单位：《中国日报》
报送单位：《中国日报》
主创人员：安百杰、胡美东
编　　辑：秦继泽
作品字数：1 064 字
刊播版面：1 版转 6 版
首发日期：2017 年 9 月 26 日

作品简介

2017 年 9 月，福州市人民政府主办“寻梦追忆鼓岭行”活动，邀请了来自美国和新西兰的 7 个家族来到鼓岭。《中国日报》记者全程全媒体采访了这些家族的寻访活动，记录了他们延续世代友情的坚定信念。

新媒体展示

使用手机扫描下方二维码，即可观看本条获奖作品的新媒体展示。

获奖理由

记者全程全媒体跟踪采访此次中美、中新人文交流活动，再现了部分美国家族百年前在中国生活的图景。作为通讯类稿件，该文章展现了国际友人对于民间友谊的感激之情，彰显了习近平总书记在运筹大国关系上的远见卓识。

焦裕禄干部学院的“三件宝”

作品信息

作品类型：三等奖·文字通讯
刊播单位：《开封日报》
报送单位：河南省新闻工作者协会
主创人员：魏东柱
编　　辑：刘会敏、叶森
作品字数：2 565 字
刊播版面：要闻 1
首发日期：2017 年 9 月 14 日

开封日报

作品简介

这篇通讯是地方媒体挖掘身边素材，深入宣传习近平新时代中国特色社会主义思想的典型力作，稿件写作风格严谨朴实，文中所有引语均有权威出处。记者多次深入焦裕禄干部学院采访教师、学员，多次采访开封和兰考相关党员干部，最终完成此文。

获奖理由

作品以“三件宝”为切入点，着眼于大事、大情、大理，立意高远，构思新颖，视角独特，娓娓道来讲故事，以小见大全面立体地展现了习近平总书记的“焦裕禄情结”，展现了习近平总书记的高尚情怀和领袖风范。

新媒体展示

使用手机扫描下方二维码，即可观看本条获奖作品的新媒体展示。

金银花“为媒”，九间棚精神“远嫁”

作品信息

作品类型：三等奖 · 文字通讯
刊播单位：《大众日报》
报送单位：山东省新闻工作者协会
主创人员：刘江波、兰传斌、王洪涛
作品字数：1 698 字
刊播版面：A1
首发日期：2017 年 10 月 13 日

大眾日報

作品简介

作品讲述了沂蒙山区的九间棚、苦甲天下的定西跨越千里的姻缘故事。在喜迎十九大之际，记者走基层，采写到一篇以小见大的新闻：以“金银花”这个小切口，讲述了山东、甘肃等地携手脱贫攻坚、实现乡村振兴的故事，挖掘了沂蒙精神的新时代意义和价值。

新媒体展示

使用手机扫描下方二维码，即可观看本条获奖作品的新媒体展示。

获奖理由

报道立足于新形势下新闻传播规律，探索主题报道故事化表达，以事说理，娓娓道来，避免说教，注重传播效果，增强新闻感染力。稿件独辟蹊径，通过一份考察报告，挖掘出一个故事，让老典型穿越了时空界限。

“轮作休耕”为黑土地注入新动能

作品信息

作品类型:三等奖·文字通讯
刊播单位:《长春日报》
报送单位:吉林省新闻工作者协会
主创人员:袁达
编　　辑:王鑫
作品字数:1 343 字
刊播版面:要闻 1
首发日期:2017 年 5 月 14 日

作品简介

“轮作休耕”在吉林如何开展?此举会给农业生产带来怎样的改变?2017 年春耕时节,经过提前策划与筹备,记者走进榆树和农安这两个产粮大县(市),深入田间地头,实地了解耕地轮作制度落实情况及其意义,让作品接地气、有厚度。

获奖理由

在部分地区实行耕地轮作休耕制度试点,是党中央、国务院着眼于粮食市场供求变化作出的重大部署。这篇通讯敏锐捕捉到这一热点,以鲜明的主题、典型的事例,讲述了轮作休耕给农业带来的改变,为读者展开了一幅黑土地上的生动画卷。

新媒体展示

使用手机扫描下方二维码,即可观看本条获奖作品的新媒体展示。

农科赤子 一心为农

作品信息

作品类型：三等奖 · 文字通讯
刊播单位：《浙江日报》
报送单位：浙江省新闻工作者协会
主创人员：翁杰、邵敏
编　　辑：邓崴、刘刚
作品字数：2 552 字
刊播版面：要闻 1、2
首发日期：2017 年 9 月 22 日

作品简介

编辑在工作中获悉浙江省农科院研究员王一成长期无私服务“三农”，不幸身患绝症。记者历时两周，赴多地采访了王一成的同事、家人、同行、服务对象等 20 多人。初稿经两次修改后在《浙江日报》刊发，在全国新闻界率先拉开宣传报道王一成事迹的序幕。

新媒体展示

使用手机扫描下方二维码，即可观看本条获奖作品的新媒体展示。

获奖理由

2003 年，习近平同志在浙江省农科院调研时对农技人员发出号召：科研人才都应该到生产的主战场上去。王一成的一生很好地响应了习总书记这个有着强烈现实意义的号召，为科技工作者树立了一个“把论文写在大地上”的榜样。

把一切献给你 我的祖国

作品信息

作品类型：三等奖·文字通讯
刊播单位：《吉林日报》
报送单位：吉林大学
主创人员：刘怀、孙春艳、任爽
编　　辑：周力、王洪伟
作品字数：10 449 字
刊播版面：要闻 A01 转 A07、A11
首发日期：2017 年 2 月 27 日

作品简介

虽然黄大年已经病逝，但记者们还是通过面对面、电话等方式采访了 30 多个对象，这其中不仅有黄大年的学生、同事、同行，还有他的同学甚至全国知名的"千人专家"，使得黄大年的爱国精神、科研精神、育人精神和忘我精神不断展现出来。

获奖理由

该篇通讯是全国首发的黄大年事迹长篇通讯，是 2017 年乃至近年不多见的、产生广泛社会影响力的优秀作品之一。该作品采访扎实深入，故事生动感人。通讯主题鲜明，篇章结构合理，选取事例典型，内容丰富真切。

新媒体展示

使用手机扫描下方二维码，即可观看本条获奖作品的新媒体展示。

聚焦绝活儿不能成了“绝”活儿

作品信息

作品类型：三等奖 · 文字系列
刊播单位：《工人日报》
报送单位：部委专业报初评委员会
主创人员：集体
作品字数：1 440 字、1 344 字、1 552 字
首发日期：2017 年 3 月 7 日至 3 月 12 日

作品简介

在 2017 年全国“两会”上，技术人才的缺失成为代表委员关注的话题。记者敏锐捕捉到这一新闻点，从一些绝活儿后继乏人的小切口入手，反映产业工人队伍建设、国家高质量发展的主题，层层展开追踪报道。

新媒体展示

使用手机扫描下方二维码，即可观看本条获奖作品的新媒体展示。

获奖理由

这组系列报道的标题设计巧妙生动、层次鲜明、逐步推进，篇幅不大却很精练，既有对现实的剖析，又有对未来的建议。整组报道较为丰满，结构较为紧凑，能够给相关行业和政府主管部门带来一些警示。

乡镇污水去哪了

作品信息

作品类型：三等奖·文字系列
刊播单位：《湖北日报》
报送单位：湖北省新闻工作者协会
主创人员：彭一苇、赵峰、胡汉昌、周芳、李剑军、肖文生
作品字数：1 549 字、1 625 字、1 187 字
首发日期：2017 年 1 月 9 日至 1 月 16 日

作品简介

生态文明建设是各级政府关注的重大主题。对于污水问题，《湖北日报》记者多年不懈追踪，在半个月内，实地踏访湖北数十座已建或在建的乡镇污水处理厂，采访政府部门、污水处理厂负责人、专家学者百余人，最终形成 6 篇报道。

获奖理由

切口小，抓住乡镇污水这个容易被忽视的领域，反映生态文明建设的重大主题。问题导向，发挥建设性舆论监督作用，推动各方改进工作，体现了新闻工作者的锐气和强烈的社会责任感。

新媒体展示

使用手机扫描下方二维码，即可观看本条获奖作品的新媒体展示。

重走古诗路 思君下渝州
——探寻重庆古诗地图全媒体系列报道

作品信息

作品类型：三等奖 · 文字系列
刊播单位：《重庆日报》
报送单位：重庆市新闻工作者协会
主创人员：集体
作品字数：2 764 字、2 325 字、1 454 字
首发日期：2017 年 6 月 5 日至 10 月 4 日

作品简介

《重庆日报》“重走古诗路 思君下渝州——探寻重庆古诗地图”全媒体系列报道从 2017 年 6 月启动，历时 4 个多月，走遍全市 38 个区县，挖掘史料，实地寻访，梳理古诗近万首，以客观、理性、虔诚的态度，讲述了古诗背后的故事。

新媒体展示

使用手机扫描下方二维码，即可观看本条获奖作品的新媒体展示。

获奖理由

党的十九大报告强调要“推动中华优秀文化创造性转化、创新性发展”，作为主流媒体该如何承担起这一责任与担当？这组报道就是一个很好的回答。这组报道是重庆第一次按照轴线，以区域为视角对巴渝古诗进行全面梳理报道。

十四城纪行
——探寻魅力“活化石”特别报道

作品信息

作品类型：三等奖 · 文字系列
刊播单位：《宁波日报》
报送单位：复旦大学
主创人员：集体
作品字数：1 618 字、2 096 字、1 962 字
首发日期：2017 年 6 月 5 日至 9 月 22 日

作品简介

《宁波日报》敏锐把握、周密策划，推出“十四城纪行——探寻魅力‘活化石’”大型行走式特别报道。这是国内媒体中首个以十四城为坐标，立体展现中国与“一带一路”国家携手共赢宏大主题的系列报道。

获奖理由

这组系列报道主题厚重，紧紧围绕习总书记提出的“一带一路”历史的“活化石”的讲话，通过国内外十四城的大型实地采访解读、阐释丝路精神，展现中国与“一带一路”国家互利共赢的宏大主题，体现了地方媒体的责任担当，难能可贵。

新媒体展示

使用手机扫描下方二维码，即可观看本条获奖作品的新媒体展示。

“中国经济如何影响世界经济”系列报道

作品信息

作品类型：三等奖 · 文字系列
刊播单位：《经济日报》
报送单位：《经济日报》
主创人员：陈学慧、连俊、徐惠喜、袁勇、周明阳、李春霞、朱琳
作品字数：1 075 字、909 字、1 486 字
首发日期：2017 年 9 月 2 日至 9 月 3 日

作品简介

以“中国经济如何影响世界经济”为主题切入，选取“‘中国数据’提振世界预期与信心”等一系列角度，形成了这组系列报道。报道由评论员文章和 5 篇述评组成，刊出后又相应制作新媒体产品以利广泛传播。

新媒体展示

使用手机扫描下方二维码，即可观看本条获奖作品的新媒体展示。

获奖理由

“中国经济如何影响世界经济”系列报道选题重大、时机精准，正确宣传了中国经济发展成就，引导舆论准确认识中国经济对世界经济的影响和贡献，取得了良好的社会效果。

一封信引发的环保执法问题讨论

作品信息

作品类型：三等奖·文字连续
刊播单位：《中国化工报》
报送单位：中国行业报协会
主创人员：庞利萍、孟晶、张晶星、翁国娟、陈丹江、李晓岩、刘全昌
作品字数：1 837 字、1 691 字、1 539 字
首发日期：2017 年 11 月 14 日至 11 月 20 日

中国化工報
CHINA CHEMICAL INDUSTRY NEWS

作品简介

2017 年，全国范围内的环保督查不断深入，对于改善环境、促进产业升级起到了重要作用。中国化工报社多路记者深入石化大省采访，对各地的环保执法究竟怎么样，石油和化工行业所受影响几何，政府及企业、专家对此有什么看法等进行了全面调查。

获奖理由

该系列报道题材重大，采访客观全面，结构完整，后期制作精良。报道从一封信出发，反映了整个石油和化工行业的真实呼声，折射出全社会对环保督查既肯定又有更高期待的心境。

新媒体展示

使用手机扫描下方二维码，即可观看本条获奖作品的新媒体展示。

“采访下基层 宣讲在一线”系列报道

作品信息

作品类型：三等奖 · 文字系列
刊播单位：《云南日报》
报送单位：云南省新闻工作者协会
主创人员：集体
作品字数：2 146 字、1 144 字、1 832 字
首发日期：2017 年 11 月 28 日至 12 月 13 日

作品简介

此组系列报道为《云南日报》创新十九大精神宣传方式的一次成功尝试。云南报业集团党委书记、社长徐体义组织策划“采访下基层 宣讲在一线”活动，并带领云南日报社记者深入基层，用生动的语言记录了宣讲互动场景、人物以及对话。

新媒体展示

使用手机扫描下方二维码，即可观看本条获奖作品的新媒体展示。

获奖理由

该组系列稿件策划充分、主题突出、采写深入细致，用朴实的语言记录了记者与群众一起学报告、谈体会、议发展、诉心愿的过程，为读者还原了一个个有问答、有讲解、有交流、有共鸣的生动场景。

两地书

作品信息

作品类型：三等奖·文字系列
刊播单位：《辽宁日报》
报送单位：辽宁省新闻工作者协会
主创人员：丁宗皓、田学礼、张小龙、
王研、高爽、张昕
作品字数：939字、2078字、2246字
首发日期：2017年1月23日至9月28日

作品简介

《两地书》是《辽宁日报》2017年度重大主题策划，整个采编过程横跨2016年、2017年、2018年三个年度。策划创新视角，透过家书这一独特载体看家庭、讲家事、说亲情，呈现“家文化”的重要价值。系列报道讲述了200余个家书故事，发稿量近60万字。

获奖理由

主题重大、视角独特，具有典型意义和示范价值。重视家庭、强调家风是党中央治国理政思想的重要组成部分。《两地书》以更生动、更贴近、更深入的方式细腻展现了“家文化”在践行社会主义核心价值观、传承中华优秀传统文化中的重要作用。

新媒体展示

使用手机扫描下方二维码，即可观看本条获奖作品的新媒体展示。

7 月 31 日《济南日报》国内国际版 A6

作品信息

作品类型：三等奖 · 报纸版面
刊播单位：《济南日报》
报送单位：中国新闻漫画研究会
作　　者：戴保磊、李杨
刊播版面：国内国际版 A6
首发日期：2017 年 7 月 31 日

作品简介

大阅兵除了给人视觉上的震撼，更重要的是扬我军威、展我国威。本版大标题《昂首 30 度 抬起的绝不仅是自豪》画龙点睛，能够让人产生共鸣。版面按照阅兵式的先后顺序、受关注程度，重点突出，又不失飘逸灵动。

新媒体展示

使用手机扫描下方二维码，即可观看本条获奖作品的新媒体展示。

获奖理由

面对建军 90 周年大阅兵这一重大题材，该版选取阅兵式敬礼角度这一独特视角，巧妙运用照片，强化视觉冲击，同时以图表介绍主要作战群，信息含量大，又方便阅读。整个版面气势恢弘、主次分明、独辟蹊径、匠心制作，是难得的好版面。

5月6日《河南日报》特刊4

作品信息

作品类型：三等奖·报纸版面
刊播单位：《河南日报》
报送单位：中国新闻漫画研究会
主创人员：王恒昀、冯军福、单莉伟
刊播版面：特刊4
首发日期：2017年5月6日

作品简介

2017年5月5日，我国首款具有国际主流水准的国产大飞机C919首飞成功。它的首飞是我国民用航空工业发展的重要里程碑。为了把这一大事件处理好，《河南日报》创新版面形式、丰富版面语言，采用一个整版的规模予以呈现。

获奖理由

版面形式新颖，富有冲击力，既有落实规定稿件，也有自选动作稿件，彰显了河南积极参与国家自主创新建设项目的风貌和精神，凸显了河南贡献。

新媒体展示

使用手机扫描下方二维码，即可观看本条获奖作品的新媒体展示。

1 月 31 日
《宁夏日报》要闻 1

作品信息

作品类型:三等奖 · 报纸版面
刊播单位:《宁夏日报》
报送单位:中国报纸副刊研究会
主创人员:李刚、狄虎、张九阳
刊播版面:要闻 1
首发日期:2017 年 1 月 31 日

作品简介

本版以“新春走基层”为主题,囊括了文字、图表和组照等多种版面元素,尤其是高高挂起的“福”字造型,将 4 张图片有机结合,使版面有了灵气。

新媒体展示

使用手机扫描下方二维码,即可观看本条获奖作品的新媒体展示。

获奖理由

当天正值大年初四,编辑精心整合稿件,用这些平实、喜庆、充满泥土芳香的稿件和图片,将版面装扮得年味十足。文章“短、实、新”,图表简洁明了,令人耳目一新。此版面稿件吸引了读者眼球,实现了良好的社会传播效果。

一个温暖的“发光体”

作品信息

作品类型：三等奖 · 报纸副刊
刊播单位：《光明日报》
报送单位：中国报纸副刊研究会
主创人员：王国平
编　　辑：张淼、陈慧娟
作品字数：7 637 字
刊播版面：综合新闻 5
首发日期：2017 年 6 月 9 日

作品简介

记者全程参与采访活动，并进行大量独家专访，掌握第一手资料，还广泛搜集廖俊波生长和工作过的地方志书，案头工作准备充分。

获奖理由

《一个温暖的“发光体”》是一篇讲述先进人物先进事迹的优秀报告文学，采访扎实，写作素材丰富，善于用细节刻画人物形象，善于将人物精神品格融入时代背景和地域文化。作品达到了良好的传播效果。

新媒体展示

使用手机扫描下方二维码，即可观看本条获奖作品的新媒体展示。

学问越做越便宜？别拉互联网背锅

作品信息

作品类型：三等奖 · 报纸副刊
刊播单位：《科技日报》
报送单位：中国报纸副刊研究会
主创人员：陈莹
编　　辑：陈莹
作品字数：884 字
刊播版面：嫦娥副刊 8
首发日期：2017 年 7 月 14 日

科技日报

作品简介

作品围绕科技进步对文化发展的有益作用，对一些持"唯传统论"的声音进行理性审视，论据充分，涉古今中外，旁征博引，论证透彻，层层深入；文字犀利而不乏理性，既有鲜明科技特色，又彰显科学文化情怀。

新媒体展示

使用手机扫描下方二维码，即可观看本条获奖作品的新媒体展示。

获奖理由

本文针对学者对互联网与文化研究发表的言论展开论述，观点鲜明，说理充分，议论持正周全，是彰显科技特色主流媒体科学文化态度的优秀作品，起到理性传播科学文化精神的积极作用。

生命的选择

作品信息

作品类型：三等奖·报纸副刊
刊播单位：《北京日报》
报送单位：中国报纸副刊研究会
主创人员：赵京梅
编　　辑：赵耕
作品字数：6 093 字
刊播版面：深读周刊·纪实文学 13
首发日期：2017 年 4 月 25 日

北京日報

作品简介

器官捐献与移植在多数国人眼中是个神秘的领域，很少被谈论、被记录。作品由编辑部自主选题、邀请知名作家采访写作，是一篇关于当今我国器官捐献移植工作的深度调查报道，同时也是一篇感人的优秀作品。

获奖理由

为写好这篇纪实文学作品，作者广泛采访了相关主管部门、志愿者和捐献者家属，获得了大量生动翔实的一手资料。作品感情真挚，文字流畅感人。

新媒体展示

使用手机扫描下方二维码，即可观看本条获奖作品的新媒体展示。

守望玉麦

作品信息

作品类型：三等奖 · 新闻特写
刊播单位：《人民日报（海外版）》
报送单位：《人民日报》
主创人员：卫庶、赵永琦、杨俊峰
编　　辑：王树成、严冰
作品字数：2 614 字
刊播版面：要闻 1 转 2
首发日期：2017 年 12 月 13 日

作品简介

文章通过讲述卓嘎、央宗一家玉麦守边的故事，赞美了他们守土卫国的爱国主义精神，同时也展示了中国在处理边境问题时采用的“党政军警民共建”方式的智慧和成效。

新媒体展示

使用手机扫描下方二维码，即可观看本条获奖作品的新媒体展示。

获奖理由

文字很用心，叙述简洁清晰，从过去、现在、未来三个维度把卓嘎、央宗一家为国守边的故事讲清楚。从情感和政策的维度很好地回答了习近平总书记为什么要给玉麦乡写回信的问题，展现了中国人心中伟大的爱国主义情怀。

中国将迎来人才“进大于出”的历史拐点

作品信息

作品类型:三等奖·分析性报道
刊播单位:《中国组织人事报》
报送单位:中国行业报协会
主创人员:孙忠法
编　　辑:徐民强、付瑜
作品字数:2 230 字
刊播版面:要闻 1
首发日期:2017 年 4 月 14 日

中国组织人事报

作品简介

在 2017 年留学人员回国服务工作部际联席会上,记者抓住会议透露的“我国人才逆差正在缩小”这一重要新闻事实,采访了相关部门、高校、企业有关人士以及归国人才,前瞻性地预测中国将迎来人才“进大于出”的历史拐点。

获奖理由

这是一篇从会议上挖掘出的重大主题报道,系全国率先对“人才拐点”进行深度透视的报道,既有历史纵深也有现实依据,既有外国视角也有各地场景,体现了专业报道的前瞻性和权威性。

新媒体展示

使用手机扫描下方二维码,即可观看本条获奖作品的新媒体展示。

中国新闻奖

广播类 · 一等奖

拥抱新时代，担当新使命

——习近平参加党的十九大贵州省代表团审议侧记

作品信息

作品类型：一等奖·广播消息
刊播单位：中央人民广播电台
报送单位：中国广播电影电视社会组织联合会
主创人员：马闯、刘乐、刘会民、赵雪花
作品时长：4分52秒
刊播栏目：中国之声《新闻和报纸摘要》
首发日期：2017年10月21日

作品简介

十九大召开期间，习近平总书记出席了多场活动，但多为程序性会议，仅在贵州团参加了审议。对于广播记者来讲，这场活动可以采访到总书记与代表交流的场景，不仅是大会期间报道的重点，更是难得的采访机会。

获奖理由

十九大会议是2017年最重要的报道任务，如何报道好总书记的活动更是重中之重。与程序性报道不同，该报道大段采用总书记与代表们的对话，内容鲜活，让听众、网友感受到了国家领袖亲民、幽默的一面。

新媒体展示

使用手机扫描下方二维码，即可观看本条获奖作品的新媒体展示。

福州市民为钓鱼岛自古就属于中国又添铁证

作品信息

作品类型：一等奖 · 广播消息
刊播单位：福建省广播影视集团
报送单位：南京大学
主创人员：刘学、阮怡、赵林、阮娜
作品时长：2 分 57 秒
刊播栏目：新闻信息综合频率《新闻那个范儿》
首发日期：2017 年 12 月 14 日

福建省广播影视集团
FUJIAN MEDIA GROUP

作品简介

福州市民挖掘出清朝时期从福州赴琉球册封使节齐琨家族族谱、诗作等重要史料，该消息有力说明了琉球国（今日本冲绳）自古就不曾管辖过钓鱼岛及其附属岛屿，对日本歪曲历史的做法给予了明确回应。

新媒体展示

使用手机扫描下方二维码，即可观看本条获奖作品的新媒体展示。

获奖理由

该消息文字简短，但新闻价值大，用事实说话，有理、有力。消息信源丰富、层次清晰、以小见大、由点及面，为我国自古就拥有钓鱼岛及其附属岛屿主权在历史中找到新的法理依据。

带着感情去拆违

作品信息

作品类型：一等奖 · 广播评论
刊播单位：上海广播电视台
报送单位：上海市新闻工作者协会
主创人员：周导、胡旻珏
作品时长：6 分 07 秒
刊播栏目：上海新闻广播《990 早新闻》
首发日期：2017 年 2 月 27 日

作品简介

记者采访了老城乡居民、街道干部，用有限的篇幅细致地介绍了整治前后的变化，同时配以记者手记，用广播独有的声音评论形式展现了带着感情去拆违，正是政府部门为民办实事的生动体现的主题。

获奖理由

该评论既饱含深情打动人心，又帮助政府部门及时提炼和总结了拆违新方法，充分体现了媒体的新闻敏感和社会责任，也突出了广播评论不仅要观点明确，更要浅显易懂、深入浅出。

新媒体展示

使用手机扫描下方二维码，即可观看本条获奖作品的新媒体展示。

穿越四十年对话高考

作品信息

作品类型：一等奖 · 广播专题
刊播单位：北京广播电视台
报送单位：北京市新闻工作者协会
主创人员：史喻、吴思
作品时长：10 分 30 秒
刊播栏目：北京新闻广播 FM100.6《新闻热线》周末版
首发日期：2017 年 6 月 4 日

作品简介

此专题十分新颖地用新老高三两位嘉宾直接对话的形式讲述 40 年间高考的变革以及对考生个人人生和社会的改变，回顾 1977 年冬天的高考故事、探讨高考改革的今天、思考高考与人生的关系的明天。

新媒体展示

使用手机扫描下方二维码，即可观看本条获奖作品的新媒体展示。

获奖理由

这期节目以访谈版、专题版和新闻版三种形式在北京新闻广播多轮播出，并且通过“问北京”官方微信号图文并茂地呈现了新媒体版，插入了大量珍贵的历史照片、资料图片以及两位访谈嘉宾的现场照片，取得了广泛和良好的传播效果。

归　途

作品信息

作品类型：一等奖·广播专题
刊播单位：中国国际广播电台
报 送 人：张婉
主创人员：路畅、张婉、吴曼玲、Lincoln Van Der West
作品时长：38 分 53 秒
刊播栏目：英语环球广播 AM846《脉动中国》
首发日期：2017 年 6 月 1 日

中国国际广播电台
CHINA RADIO INTERNATIONAL

作品简介

国家公祭日前，英语环球广播记者赴广西山村，与韦绍兰、罗善学一家人共同生活数日，记录一家人的情感联系、亲情关系、主人公罗善学的成长经历及矛盾的内心世界，并围绕“理想家园”“战争与和平”等主题展开探索。

获奖理由

该专题引发了对生命价值的思考，对“理想家园”“战争与和平”抛出的诘问不乏深刻。作品音响丰富，细节突出，画面描绘生动而富于感染力，在南京大屠杀 80 周年之际推出，是一篇引人深思的佳作。

新媒体展示

使用手机扫描下方二维码，即可观看本条获奖作品的新媒体展示。

世界记忆遗产的南京回响

作品信息

作品类型：一等奖·广播专题
刊播单位：江苏省广播电视总台
报送单位：江苏省新闻工作者协会
主创人员：集体
作品时长：21 分 18 秒
刊播栏目：江苏新闻广播《晓东有话说》
首发日期：2017 年 12 月 13 日

江苏省广播电视总台(集团)
JiangSu Broadcasting Corporation

作品简介

作品的报道对象是“世界记忆名录——南京大屠杀档案”丛书。该丛书是侵华日军南京大屠杀的又一铁证，具有极高的史料价值。全书既有侵华日军自己的记录，也有美英等国第三方人士的观察，更有中国方面受害者的血泪控诉。

新媒体展示

使用手机扫描下方二维码，即可观看本条获奖作品的新媒体展示。

获奖理由

该作品的优势是，历史档案的真实性赋予了它一般广播作品所不具有的冲击力；用声音解读档案作品所蕴含的历史价值、时代价值，又赋予了它有别于文字产品的特殊感染力。

大漠风流

作品信息

作品类型:一等奖 · 广播系列
刊播单位:辽宁广播电视台
报送单位:辽宁省新闻工作者协会
主创人员:那其灼、陈曦、唐佳菲、邸玉玲、房磊、邓德龙
作品时长:8 分 36 秒
刊播栏目:辽宁广播电视台
首发日期:2017 年 12 月 28 日至 12 月 30 日

中国·辽宁广播电视台
LIAONING RADIO AND TELEVISION CHINA

作品简介

记者在彰武采访了两个多月,采访对象多达一百多人,从年过八旬的第一代造林人,到新一代的"海归"科研工作者,再到沙产业的创新、创业人,记录和再现了这片曾经的大漠上,不同时代的"风流"故事。

获奖理由

作品播出后,在听众中引发了强烈反响,唤起了当地干部群众对坚忍不拔的治沙精神的回顾,也坚定了他们建设生态文明,跟沙地要生态、要效益的发展理念。这些生动的新闻故事背后的思考,体现了作品的传播价值。

新媒体展示

使用手机扫描下方二维码,即可观看本条获奖作品的新媒体展示。

用好狠的办法，解决“好狠”的问题

作品信息

作品类型：一等奖 · 广播访谈
刊播单位：辽宁广播电视台
报送单位：中国广播电影电视社会组织联合会
主创人员：那其灼、唐佳菲、邸玉玲、房磊
作品时长：20 分 05 秒
刊播栏目：辽宁之声 AM1089《新闻新视野》
首发日期：2017 年 12 月 24 日

作品简介

该作品谈问题直截了当、客观坦率；谈成绩数据翔实、鲜明有力。作品既指出了部分地区和单位在营商环境方面存在的问题，也充分体现了政府部门治理、打造营商环境的明确态度和坚定措施。

新媒体展示

使用手机扫描下方二维码，即可观看本条获奖作品的新媒体展示。

获奖理由

这是一则直面重大问题、回应重大关切且具有普遍意义的访谈作品。在辽宁乃至整个东北经济下行压力较大、部分地区的营商环境遭遇诟病的背景下，这则作品亮明态度、提出对策、树立信心，具有极强的现实针对性。

10月1日《央广新闻》(10:00—10:30档)

作品信息

作品类型:一等奖・广播编排
刊播单位:中央人民广播电台
报送单位:中国广播电影电视社会组织联合会
主创人员:集体
作品时长:30分
刊播栏目:《中国之声》
首发日期:2017年10月1日

CNR 中央人民广播电台

作品简介

编辑团队决定打破常规编排,将版块内容或取消或调整,全部围绕国歌诞生历程和为“国歌”立法规范的背景,结合国庆节当天现场活动进行全新集纳,突出彰显了《国歌法》立法的意义,激发了国人的爱国情怀。

获奖理由

该节目以《国歌法》施行日为背景,以国家电台首次执行《国歌法》播放国歌为切入点,精心组织编排,用半个小时的时间纵贯82年,勾连中外,集纳历史和现在,生动、鲜明、主体丰满地展示了国歌里的爱国情怀这一主题。

新媒体展示

使用手机扫描下方二维码,即可观看本条获奖作品的新媒体展示。

中国新闻奖

广播类 · 二等奖

世界首条量子通信干线今天正式开通

作品信息

作品类型：二等奖·广播消息
刊播单位：安徽广播电视台
报送单位：安徽省新闻工作者协会
主创人员：徐洋（黄学林）、程蕾、任荣荣、王雷
作品时长：1分30秒
刊播栏目：生活广播《城市快报》
首发日期：2017年9月29日

作品简介

在量子通讯京沪干线开通当天，两组记者分头行动。一组记者从采访现场及时传回采访录音，另一组记者组织文字、剪辑制作，用最快的时间在当天播出，及时向社会公众报道了这一重大消息。

获奖理由

记者当天下午采访，在晚间播出节目，在全国广播媒体中首家以录音报道形式传递这一重大消息。作品选题意义重大、时效性强。稿件重点突出、脉络清晰、浅显易懂。中国科学技术大学主要领导对此稿的评价为：快速、准确、直观。

新媒体展示

使用手机扫描下方二维码，即可观看本条获奖作品的新媒体展示。

再见，天意市场

作品信息

作品类型：二等奖·广播消息
刊播单位：北京广播电视台
推荐单位：北京市新闻工作者协会
主创人员：张煜
作品时长：3 分 15 秒
刊播栏目：调频 FM100.6 兆赫、北京新闻广播《新闻 2017》
首发日期：2017 年 9 月 16 日

作品简介

北京规模最大的小商品批发市场——天意市场闭市是北京疏解非首都功能工作的标志性成果。市场闭市能否顺利？商户、市民、市场管理者以及政府部门的态度如何？市场疏解有哪些启示？记者带着这些疑问提前做了精心的策划，通过采访全面反映了市场各方的态度。

新媒体展示

使用手机扫描下方二维码，即可观看本条获奖作品的新媒体展示。

获奖理由

《再见，天意市场》是反映北京城市“疏解整治促提升”取得突出成效的一个代表性新闻作品。作品主题重大、题材鲜活、新闻性强、新闻“时、度、效”把握得恰到好处，新闻传播效果好。作品主题体现的是北京经济社会发展中重大的改革举措——疏解非首都功能。

“藕遇白鹤”是喜是忧

作品信息

作品类型：二等奖 · 广播评论
刊播单位：江西广播电视台
推荐单位：江西省新闻工作者协会
主创人员：龚小娟、李先、刘乐明
作品时长：6 分 7 秒
刊播版面：江西综合新闻频率《新闻广角》
首发日期：2017 年 12 月 26 日

作品简介

2017 年冬，有志愿者利用鄱阳湖周边藕田为越冬白鹤“建食堂”，不仅解决了白鹤觅食栖息问题，也吸引了不少游客前来观鸟。当“藕遇白鹤”引发一片喝彩时，记者通过这一热点，冷静思考其带来的生态保护新问题和潜在压力。

获奖理由

该评论主题重大、立意深远、分析透彻、逻辑层次清晰、发人深省。“藕遇白鹤”有喜有忧，记者敏锐地抓住最新热点，客观理性地深挖其背后的问题和难点，提出权威、独特、有价值的观点，具有较高的现实意义和价值。

新媒体展示

使用手机扫描下方二维码，即可观看本条获奖作品的新媒体展示。

生态资源大省的尴尬与抉择

作品信息

作品类型:二等奖·广播评论
刊播单位:黑龙江广播电视台
推荐单位:黑龙江省新闻工作者协会
主创人员:牟维宁、任广镇、韩天、任季玮
作品时长:13 分 21 秒
刊播栏目:乡村广播《惠农热线》
首发日期:2017 年 12 月 31 日

作品简介

2017 年末,我国首次生态文明建设年度评价结果公布,生态资源大省黑龙江排名倒数。评论敏锐抓住统计数字背后折射的老工业基地转型过程中的现实矛盾,直指资源型地区发展的瓶颈困局。

新媒体展示

使用手机扫描下方二维码,即可观看本条获奖作品的新媒体展示。

获奖理由

当下生态环境问题已成为国家发展短板和人民生活痛点。本作品围绕如何实现生态与经济发展的渐进式平衡、怎样解放和发展绿色生产力的重大主题展开深入探讨,观点鲜明独到、评论深刻透彻,很有启示意义。

河北徐水农村群众取暖难
政府紧急出台措施力保群众过冬暖

作品信息

作品类型：二等奖·广播专题
刊播单位：中央人民广播电台
推荐单位：中国广播电影电视社会组织联合会
主创人员：肖源、孟晓光、刘钦、刘黎黎、杜震
作品时长：14 分 55 秒
刊播栏目：中国之声《新闻纵横》
首发日期：2017 年 11 月 21 日

作品简介

这是一篇独家、反响强烈的调查报道。11 月中旬北方普遍开始供暖，记者看到河北保定徐水区区委区政府发布一则通告：今冬无法如期供暖，希望群众忍耐克制，理解政府工作。记者因此前往当地走访调查。

获奖理由

这是 2017 年冬天煤改气、燃气紧缺引发群众取暖困难的媒体第一声，也是深刻、全面剖析该事件，并取得极大传播力、影响力的一篇深度调查报道。传播力、引导力、公信力、影响力在该篇专题报道中得到有机统一。

新媒体展示

使用手机扫描下方二维码，即可观看本条获奖作品的新媒体展示。

中国扶贫第一村脱贫之后

作品信息

作品类型：二等奖 · 广播专题
刊播单位：福建省广播影视集团
推荐单位：厦门大学
主创人员：林超艺、张跃、郭晶、庞林、陈婧沂
作品时长：16 分 30 秒
刊播栏目：福建广播都市生活频率《新闻超有料》
首发日期：2017 年 12 月 29 日

作品简介

本台五位记者深入赤溪村五天六夜，和村民、干部同吃同住，跟随村民生活、劳作，用广播作品真实、客观、多角度、生动鲜活地展现了赤溪村脱贫后，坚持绿色发展这一理念，将“绿水青山变成金山银山”。

新媒体展示

使用手机扫描下方二维码，即可观看本条获奖作品的新媒体展示。

获奖理由

《中国扶贫第一村脱贫之后》广播专题报道以“中国扶贫第一村”畲族村赤溪村成功脱贫之后为题材，为我国贫困地区摆脱贫困树立典型和信心，在选题上具有重大现实意义。

“最多跑一次”的浙江探索

作品信息

作品类型：二等奖·广播系列
刊播单位：浙江广电集团
推荐单位：浙江省新闻工作者协会
主创人员：方蓓、刘齐家、毛晓琼、何冰倩、夏海云
作品时长：4 分 6 秒
刊播版面：浙江之声
首发日期：2017 年 12 月 29 日至 12 月 31 日

作品简介

本系列报道紧扣“最多跑一次”工作推进中的关键节点，抓取采访办事企业、百姓、政府工作人员近百人，用接地气的故事和生动丰富的音响，展现浙江各地在“最多跑一次”工作上的推进轨迹。

获奖理由

围绕“涉企项目简化后审批效率如何”“百姓满意度如何”“信息共享后效果如何”等企业和百姓最为关心的三方面问题，多路记者蹲点全省各地、各层级的一线办事部门，进行深入实际的调查研究。

新媒体展示

使用手机扫描下方二维码，即可观看本条获奖作品的新媒体展示。

那年我高考

作品信息

作品类型：二等奖·广播系列
刊播单位：中央人民广播电台
推荐单位：中国广播电影电视社会组织联合会
主创人员：集体
作品时长：7 分 53 秒
首发日期：2017 年 5 月 22 日至 6 月 6 日

作品简介

中国之声恢复高考四十年系列报道，时间上抢占了先机，报道上展示了水平，有情怀、有情感、有情节、有情趣，以高考这个天下第一考为载体，展示了历史变迁中，一代又一代莘莘学子的家国情怀。

新媒体展示

使用手机扫描下方二维码，即可观看本条获奖作品的新媒体展示。

获奖理由

《那年我高考》着重挖掘恢复高考对于中国社会的历史意义和现实意义：为大国崛起孵化、储备大量人才，铸造当今中国的光芒时刻。整组报道以小视角折射时代大主题，以入微之笔记录壮阔中国，浸透着深挚的家国情怀。

我从台湾来，我自愿加入中国共产党

作品信息

作品类型：二等奖·广播访谈
刊播单位：中央人民广播电台
推荐单位：中国广播电影电视社会组织联合会
主创人员：齐莺、刘杨、廖莹莹
作品时长：18 分 47 秒
刊播栏目：中华之声《捷运 2017》
首发日期：2017 年 12 月 31 日

CNR 中央人民广播电台

作品简介

这期节目采访了三名自愿加入中国共产党的台湾人，他们分别是“70 后”“80 后”和“90 后”。他们追求共产主义理想，表达对社会主义制度的向往，并公开声明希望加入中国共产党。

获奖理由

节目及时把握中共十九大召开之后“卢丽安效应”不断发酵的大背景，采访三位公开声明希望加入中国共产党的台湾人，题材重大，选题具有独家性，节目主题鲜明，极具新闻价值。

新媒体展示

使用手机扫描下方二维码，即可观看本条获奖作品的新媒体展示。

党章守护人张人亚

作品信息

作品类型：二等奖·广播访谈
刊播单位：宁波人民广播电台
推荐单位：中国传媒大学
主创人员：叶赵明、叶秀少、何瑾、陈沨韵、杨广杰、陈晔
作品时长：29 分 14 秒
刊播栏目：音乐广播 FM98.6《宁波正能量》
首发日期：2017 年 12 月 31 日

作品简介

作品从两个角度解读，用四个篇章呈现了张人亚及其家人如何保存中共二大唯一存世党章等重要党史资料的艰辛过程，以及这批党史资料的历史价值和现实意义。

新媒体展示

使用手机扫描下方二维码，即可观看本条获奖作品的新媒体展示。

获奖理由

作品从张人亚家属、权威党史专家两个角度回溯 80 年历史，揭秘了《共产党宣言》、中共二大党章等一批重要党史文件重见天光的历程。通过对中共早期党员张人亚革命生涯的解读，回应了“不忘初心、砥砺前行”的主题。

江城总动员，急寻“熊猫血”

作品信息

作品类型：二等奖·广播直播
刊播单位：吉林人民广播电台
推荐单位：中国广播电影电视社会组织联合会
主创人员：张立群、于智勇、刘宏、迟斌、赵娜、于波
作品时长：167 分
刊播栏目：经济频率《好家好房》
首发日期：2017 年 3 月 30 日

吉林人民广播电台
JILIN PEOPLE'S RADIO STATION

作品简介

一名急性肾衰竭患者生命垂危，急需极罕见的 AB 型 RH 阴性血，俗称“熊猫血”。接到求助后，节目迅速启动特别直播，呼吁社会各界为这名患者筹集“救命血”。最终患者所需的熊猫血被及时送到中心血站，患者转危为安。

获奖理由

作品用事实展现了当今时代涌动在普通民众心中的大爱，展现了全社会蓬勃向上的精气神和正能量。这场爱心总动员通过电波被演绎得如此生动又如此不同凡响。作品不失为同类题材中的佼佼者。

新媒体展示

使用手机扫描下方二维码，即可观看本条获奖作品的新媒体展示。

3 月 5 日《军情直播室》

作品信息

作品类型:二等奖·广播编排
刊播单位:海峡之声
推荐单位:中国广播电影电视社会组织联合会
主创人员:龚天宁、郑霁远、郑逸舟
作品时长:29 分 58 秒
刊播频率:海峡之声中波 666 千赫
首发日期:2017 年 3 月 5 日

海峡之聲

作品简介

本组节目围绕十二届全国人大五次会议开幕这一新闻事件展开,没有局限于就新闻报新闻,而是注重突出“军事味”与“对台性”,兼顾报道的深度、广度和角度。

新媒体展示

使用手机扫描下方二维码,即可观看本条获奖作品的新媒体展示。

获奖理由

节目依照栏目的传播理念,围绕十二届全国人大五次会议开幕展开,注重军事节目的特征,在不同的子栏目里安排不同的内容,信息量大,层次鲜明,体现了编排的匠心和智慧,整个节目知识性和趣味性强,且具有可听性,值得肯定。

中国新闻奖

广播类 · 三等奖

新疆玛湖地区发现全球最大砾岩油田

作品信息

作品类型：三等奖·广播消息
刊播单位：克拉玛依人民广播电台
推荐单位：新疆维吾尔自治区新闻工作者协会
主创人员：张佳佳、王菲、张采频、丰志辉
作品时长：2分43秒
刊播栏目：汉语综合广播《整点新闻》
首发日期：2017年12月1日

作品简介

记者采访的相关业内人士通过“盆、碗、食物”等形象的比喻，介绍了新疆石油人持续攻关十多年取得的突破性勘探成果，“玛湖地区会再浮现出10亿吨以上的储量资源”等语句凸显了准噶尔盆地强大的资源潜力和广阔的勘探前景。

获奖理由

稿件选题具有重大意义，事关我国重要战略资源的长期发展。作者抓住这一选题后，及时前往现场采访并搜集整理了大量翔实的资料，在创作过程中善于分析、提炼，使作品结构清晰，录音丰富生动，语言朴素自然，社会影响力大，传播效果好。

新媒体展示

使用手机扫描下方二维码，即可观看本条获奖作品的新媒体展示。

四川达古冰山景区全国首例网友定票价

作品信息

作品类型：三等奖·广播消息
刊播单位：四川广播电视台
推荐单位：四川省新闻工作者协会
主创人员：易军、李红、王思睿
作品时长：1 分 25 秒
刊播栏目：97.0 旅游生活频率《970 爱乐游》
首发日期：2017 年 12 月 21 日

作品简介

面对公众对景区免费或者低票价的期盼，四川省阿坝州达古冰山景区首开先河在全国举行投票活动，由网友来决定门票价格。此举乃景区通过网络票选的方法主动降价，既顺应了民众关切和需要，也使门票价格更趋合理。

新媒体展示

使用手机扫描下方二维码，即可观看本条获奖作品的新媒体展示。

获奖理由

该消息报道了四川景区全国首例网络票选定票价的事件，景区经营管理的新理念和游客希望降价的心声得到充分表达。消息采录播出及时，新闻要素完整，时效性强，结构清晰，语言文字精练，符合广播短消息的制作要求。

美中贸易全国委员会报告驳斥有关美中贸易的不实之词

作品信息

作品类型：三等奖·广播消息
刊播单位：中国国际广播电台
推荐单位：中国广播电影电视社会组织联合会
主创人员：吕晓红、高玉杰、康炘冬
作品时长：2分34秒
刊播平台：《直播中国》，意大利、普什图、乌尔都语节目及对应语言网站，国际在线等网站
首发日期：2017年1月11日

中国国际广播电台
CHINA RADIO INTERNATIONAL

作品简介

2017年1月，美国美中贸易全国委员会发布美中贸易年度报告，我驻美记者在第一时间发回录音新闻，选取强有力的数字、事实及权威人士表态，有力地回击了2016美国大选年拿经贸问题做文章、诋毁中国的言论。

获奖理由

该录音新闻通过援引美中贸易全国委员会报告，有力地驳斥了有关美中贸易的不实之词，在国际台对内对外广播、多语种网站刊播，并被国内多家网站转载，起到了较好的借力传播、澄清谬误的作用，取得了良好的传播效果。

新媒体展示

使用手机扫描下方二维码，即可观看本条获奖作品的新媒体展示。

全国首家互联网法院落户杭州

作品信息

作品类型：三等奖·广播消息
刊播单位：浙江广播电视集团
推荐单位：中国传媒大学
主创人员：袁奇翔、徐锦萍、何冰倩
作品时长：1 分 27 秒
刊播栏目：浙江之声 FM101.6《浙广早新闻》
首发日期：2017 年 8 月 19 日

作品简介

2017 年 5 月，浙江法院电子商务网上法庭上线，杭州互联网法院试运行。6 月，中央深改组会议通过《关于设立杭州互联网法院的方案》。8 月 18 日，全国首家互联网法院在杭州正式揭牌。

新媒体展示

使用手机扫描下方二维码，即可观看本条获奖作品的新媒体展示。

获奖理由

杭州互联网法院成立是中国法治发展史上的重要事件，此番报道具有重要意义。记者敏锐地抓住了杭州互联网法院正式揭牌的重要新闻节点，以杭州互联网法院揭牌仪式现场声开篇，把听众即时带进揭幕现场，用声音记录了这一重要事件。

扭亏践诺，“钢铁长子”完成总书记考卷

作品信息

作品类型：三等奖·广播消息
刊播单位：鞍山电视台
推荐单位：辽宁省新闻工作者协会
主创人员：杨勇、裴晓华
作品时长：3分56秒
刊播栏目：鞍山综合广播《鞍山新闻》
首发日期：2017年12月28日

作品简介

鞍钢深化改革、加速振兴发展的做法，为老工业基地走出困境树立了样板，吸引了抚钢、营口港等到鞍钢学习借鉴成功经验。通过学习鞍钢集团在优化产业结构、深化改革创新、差异化管控等方面的经验，地方国资部门开阔了视野、拓宽了思路。

获奖理由

作品记录了“共和国钢铁长子”——鞍钢浴火重生，重振“长子”雄风的历史性进程，用事实有力地证明了“不断增强国有经济活力、控制力、影响力”“深化改革永无止境”的重要意义，为老工业基地走出困境树立了样板，探索了新路。

新媒体展示

使用手机扫描下方二维码，即可观看本条获奖作品的新媒体展示。

众“口”说品牌

作品信息

作品类型：三等奖·广播评论
刊播单位：山东广播电视台
推荐单位：山东省新闻工作者协会
主创人员：孟文峰、张聪
作品时长：10 分 02 秒
刊播栏目：山东广播新闻频道 FM95.0
《新闻焦点》
首发日期：2017 年 12 月 30 日

作品简介

山东一家知名服装企业生产的同样一套西装，贴上国外品牌和国产品牌价格相差好几倍！记者广泛采访了企业家、政府部门、专家，提出山东企业乃至中国制造必须告别过去大规模、低价格的竞争，向高质量、高品牌要效益。

新媒体展示

使用手机扫描下方二维码，即可观看本条获奖作品的新媒体展示。

获奖理由

这篇评论小切口、大主题，语言生动，逻辑性强，尤其在创作形式上进行了大胆创新。评论把“品牌”的“品”字拆开，让众“口”说品牌。这个众“口”，既是众人的意思，同时也赋予“口”字更多的含义。

不能让"小燕子"赵薇空手套白狼的游戏继续玩下去

作品信息

作品类型:三等奖·广播评论
刊播单位:广东广播电视台
报送单位:广东省新闻工作者协会
主创人员:吴锡凌、黎晓婷、潘晓霞、关妙钿
作品时长:11 分 28 秒
刊播栏目:FM95.3 股市广播《财经观察》
首发日期:2017 年 12 月 29 日

广东广播电视台

作品简介

节目组响应政策导向,抓住证监会处罚赵薇运用高杠杆企图空手套白狼控制上市公司案的新闻事件,进行精品创作,宣传金融政策,加强舆论导向,引导证券市场健康发展。

获奖理由

本作品聚焦经济工作的重点领域,针对典型案件,重点挖掘,政策意识到位。作品敏感捕捉典型案例,社会关注度高;对专业案件叙述清晰、通俗易懂;评论深入浅出、有理有据有说服力;男女对播节奏明快,可听性强。

新媒体展示

使用手机扫描下方二维码,即可观看本条获奖作品的新媒体展示。

全国首家共享单车倒闭，重庆悟空单车退出市场
——共享单车高速发展下的困局

作品信息

作品类型：三等奖 · 广播评论
刊播单位：重庆广播电视集团（总台）
报送单位：重庆市新闻工作者协会
主创人员：李莉、陈臣、夏淮（李冠男）
作品时长：14 分 55 秒
刊播栏目：交通广播《左右开讲》
首发日期：2017 年 6 月 16 日

CBG
www.cbg.cn
重庆广播电视集团

作品简介

2017 年 6 月 13 日悟空单车突然宣布退出共享单车市场，重庆企业成为国内“首家倒闭的共享单车”。节目敏锐抓住这一热点，深度关注共享单车火热发展背后的困境。

新媒体展示

使用手机扫描下方二维码，即可观看本条获奖作品的新媒体展示。

获奖理由

这是一期翔实的评论，有理有据，分析清晰、专业，很好地抓住了热点，既有时效性又有评论深度，是一期出彩的广播评论。

合编教材利两岸，欲加之罪背民心

作品信息

作品类型：三等奖·广播评论
刊播单位：福建省广播影视集团
报送单位：福建省新闻工作者协会
主创人员：翁崇闽、黄守明、林兴华、刘季
作品时长：7分45秒
刊播栏目：东南广播公司《晚安台湾》
首发日期：2017年11月23日

福建省广播影视集团
FUJIAN MEDIA GROUP

作品简介

评论指出，在两岸民众心中，中华文化始终是维系两岸人民感情的纽带，谁也无法撼动；"台独"势力对两岸正常的教育交流合作加以阻挠与指责是愚蠢的，"去中国化""文化台独"等分裂行径不得人心。

获奖理由

本篇广播评论对台特色鲜明，以两岸老师学者同台教学合编教材这一新闻切入，说明两岸合编教材有利于两岸教育交流合作，再批驳"台独"势力无端指责，指出"去中国化""文化台独"不得人心。

新媒体展示

使用手机扫描下方二维码，即可观看本条获奖作品的新媒体展示。

辣椒红了

作品信息

作品类型:三等奖·广播评论
刊播单位:青岛市广播电视台
报送单位:山东省新闻工作者协会
主创人员:宋利军、江瑾、王文科、崔小丹
作品时长:10 分 42 秒
刊播栏目:青岛人民广播电台 FM107.6
《新闻进行时》
首发日期:2017 年 10 月 10 日

作品简介

记者通过采访与总书记对话的全国人大代表、当地干部群众、青岛辣椒企业负责人等多位新闻当事人,以细腻的笔触生动呈现出东西部携手发展、优势互补、共同奔小康的新闻故事,凸显了精准扶贫这一重大宣传主题的时代意义。

新媒体展示

使用手机扫描下方二维码,即可观看本条获奖作品的新媒体展示。

获奖理由

作品以习近平总书记和买买提代表交流的典型场景切入,用白描的手法、丰富的音响,层层递进,生动讲述了发生在青岛胶州与新疆大地的扶贫故事。辣椒红了,正是党中央精准扶贫决策的生动实践。

地质宫不熄的灯光

作品信息

作品类型：三等奖·专题
刊播单位：吉林人民广播电台
报送单位：吉林省新闻工作者协会
主创人员：李麟霖、郝滋丽、邢薇、王林、朴英录
作品时长：14 分 21 秒
刊播栏目：吉林新闻综合广播《全省新闻联播》
首发日期：2017 年 10 月 15 日

作品简介

黄大年是习近平总书记号召学习的“时代楷模”。作者通过三个多月的精心打磨，深入采访了多位黄大年团队核心成员、同事和学生，积累了大量的珍贵音响资料，试图通过声音的魅力去追寻和表现一颗纯粹的赤子之心。

获奖理由

该作品颇有行进感、纪录感的叙事，生动的形象，包括黄大年在内的多个珍贵的音响动人心弦，催人泪下。

新媒体展示

使用手机扫描下方二维码，即可观看本条获奖作品的新媒体展示。

丝路金桥

作品信息

作品类型：三等奖・专题
刊播单位：长沙人民广播电台
报送单位：湖南省新闻工作者协会
主创人员：雷艳飞、谢晶晶
作品时长：10 分 31 秒
刊播栏目：FM105.0 新闻广播《夜读书香》
首发日期：2017 年 5 月 15 日

作品简介

由湖南省著名艺术家舒勇创作的“丝路金桥”雕塑作品在“一带一路”峰会亮相，在世界范围内引起了轰动和关注。与此同时，它的同名歌曲也深受大家喜爱。

新媒体展示

使用手机扫描下方二维码，即可观看本条获奖作品的新媒体展示。

获奖理由

该作品是难得的独家报道，采访扎实，内容丰富，有细节、有情感，广播特色鲜明，制作精当。

幸福王家“规矩”多

作品信息

作品类型：三等奖 · 专题
刊播单位：江西广播电视台
报送单位：江西省新闻工作者协会
主创人员：何灵、柯一航、周青松、胡美丹
作品时长：10 分 31 秒
刊播栏目：江西综合新闻频率《爱问》
首发日期：2017 年 10 月 09 日

江西广播电视台

作品简介

江西省横峰县姚家乡王家村曾是全县远近有名的贫困村，但 36 年来王家村硬是靠着一本《治村规约》，坚守“有事大家商量办”，党员干部带头干，成就了一个产业兴旺、生态宜居、村风文明、生活富裕的文明村、幸福村。

获奖理由

报道紧扣“乡村振兴、村民自治”大主题，以讲故事的形式娓娓展开，构思精巧、音响丰富、自然流畅，令人身临其境，社会反响好，是一篇好听、有感染力的关于中国特色社会主义新农村的好故事。

新媒体展示

使用手机扫描下方二维码，即可观看本条获奖作品的新媒体展示。

洪湖拆围

作品信息

作品类型：三等奖 · 连续报道
刊播单位：湖北广播电视台
报送单位：湖北省新闻工作者协会
主创人员：王超、赵欢、温少海、刘征、杨学军
作品时长：9 分 39 秒
首发日期：2017 年 7 月 17 日至 7 月 19 日

作品简介

2017 年夏天，轰轰烈烈的拆围行动即将收尾，湖北之声组织精干力量深入湖区，开展为期近一个月的蹲点采访，精心打磨推出 3 篇连续报道，将一部洪湖“生态优先、绿色发展”的时代画卷展现在听众面前。

新媒体展示

使用手机扫描下方二维码，即可观看本条获奖作品的新媒体展示。

获奖理由

这组报道立意深刻，可听性强。它追溯历史，深入了解洪湖生态变化的前因后果；记录拆围过程和渔民生活变化，观照大时代背景下的个体命运；放眼时代发展，关注人与自然如何和谐共生的大主题。

谁帮他们打开心结

作品信息

作品类型：三等奖·连续报道
刊播单位：郑州人民广播电台
报送单位：河南省新闻工作者协会
主创人员：贾鹏、卢静、刘芳、张红雨、郝宏杰
作品时长：3 分 9 秒
首发日期：2017 年 7 月 13 日至 7 月 15 日

作品简介

脱贫攻坚是贯穿 2017 年全年的一项全国性重点工作。各级主流新闻媒体都围绕这一主题进行了大量的报道。郑州人民广播电台记者也深入到登封市晋爻村进行了为期 2 个月的蹲点驻村采访。

获奖理由

该报道以一个年轻生命的逝去为警示，记录了驻村干部察民情、听民意、解民忧的工作过程。内容深刻，发人深省，音响丰富，情节感人，可听性强。本组报道角度新颖，在众多扶贫类的报道中独树一帜。

新媒体展示

使用手机扫描下方二维码，即可观看本条获奖作品的新媒体展示。

我的脱贫路

作品信息

作品类型:三等奖 · 系列报道
刊播单位:陕西广播电视台
报送单位:陕西省新闻工作者协会
主创人员:吴伟、王渭征、曹媛媛、王剑、邹隽喆、曹凯、惠鑫
作品时长:5 分 28 秒
首发日期:2017 年 5 月 26 日至 12 月 18 日

SXBC
陕西广播电视台

作品简介

本组报道自 2017 年 5 月 27 日启动以来至年底,共计播出 24 期,涵盖陕西 11 个市区的脱贫典型。记者“沉下身子”走基层,以连线、音视频、图文等全媒体方式呈现出一个个鲜活的人物形象和真实生动的扶贫故事。

新媒体展示

使用手机扫描下方二维码,即可观看本条获奖作品的新媒体展示。

获奖理由

“我的脱贫路”系列报道突出“真”“实”二字,抓住了“扶贫先扶志”这个关键,体现出省级主流媒体的政治自觉、责任意识和专业水准。

决战贫困
——莽莽黔山脱贫攻坚纪行

作品信息

作品类型：三等奖·系列报道
刊播单位：贵州广播电视台
报送单位：贵州省新闻工作者协会
主创人员：集体
作品时长：7 分 34 秒
首发日期：2017 年 10 月 11 日至 10 月 18 日

贵州广播电视台

作品简介

贵州广播电视台综合广播精心策划，派出 8 路记者前往省内各地进行采访，深入莽莽黔山，走村入户，采访上百人次，用纪实性手法做好录音和文字的记录，并联合中央人民广播电台乡村之声共同打造。

获奖理由

该组系列报道为重大主题宣传提供了新的采写经验：一是善于发掘具有时代性的题材；二是选择最有说服力的新故事；三是力求体现宏大主题的新表达。

新媒体展示

使用手机扫描下方二维码，即可观看本条获奖作品的新媒体展示。

大爱让生命延续

作品信息

作品类型：三等奖 · 系列报道
刊播单位：邯郸广播电视台
报送单位：河北省新闻工作者协会
主创人员：江志强、李虹、郝继伟、张伟、王委、杨慧、李玉萍
作品时长：5 分 41 秒
首发日期：2017 年 6 月 14 日至 6 月 16 日

邯郸广电网
http://www.hdbs.cn
邯郸广播电视台官方网站

作品简介

2017 年 6 月 9 日，杨海燕突发疾病经多家医院抢救依然无呼吸、无意识。她的家人遵照其生前遗愿，将一对眼角膜、一个肝脏、两个肾脏捐出。杨海燕用大爱诠释着生命的意义，是邯郸市乃至全国器官捐献工作的推动者、践行者。

新媒体展示

使用手机扫描下方二维码，即可观看本条获奖作品的新媒体展示。

获奖理由

作品用朴实感人的语言，大量制作精良的现场同期声，真实生动地讲述了杨海燕的生前事迹，让广大听众感受到了一个朴实善良的 80 后年轻妈妈的大爱情怀。

公立医院医生成医托 患者权益难保障

作品信息

作品类型：三等奖·连续报道
刊播单位：北京人民广播电台
报 送 人：杨帆
主创人员：杨帆
作品时长：3 分 47 秒
首发日期：2017 年 3 月 21 日至 3 月 27 日

RBC
北京人民广播电台

作品简介

医托事件发生后，记者曾先后三次到积水潭医院骨科诊室、院长办公室、院医务部反映问题，询问医院相关规定。医院核实情况后表示，已发现问题是主任医师朱伟的个人行为，医院表示，会对朱伟做出处罚，并表示会对杨先生病情负责到底。

获奖理由

节目播出后引起了广泛反响，大批听众来电反映同类情况，《新闻热线》栏目公众号“问北京”后台点击量累积超过 3 000 人次。

新媒体展示

使用手机扫描下方二维码，即可观看本条获奖作品的新媒体展示。

“1+1”的力量

作品信息

作品类型：三等奖·广播访谈
刊播单位：安徽广播电视台
报送单位：中国广播电影电视社会组织联合会
主创人员：韩锦、许晖、王立新
作品时长：32 分 46 秒
刊播栏目：综合广播《政风行风热线》
首发日期：2017 年 12 月 30 日

作品简介

聚少离多的陈贤夫妇由于要参加全国精神文明建设表彰大会，得以相聚在北京。记者敏锐地捕捉到这一时机，对两人进行了专访。记者通过与陈贤夫妻俩面对面的交流，如同“剥洋葱”一般，将两人的内心世界一层层展现在听众面前。

新媒体展示

使用手机扫描下方二维码，即可观看本条获奖作品的新媒体展示。

获奖理由

主持人在对话中，没有将采访对象摆在道德的制高点，而是将他们的故事娓娓道来，用陈贤夫妇看似平凡的故事展现出“法治中国”建设的大背景，体现了较高的节目采访驾驭能力。

潘奶奶和她的双语爱心课堂

作品信息

作品类型：三等奖·广播访谈
刊播单位：新疆人民广播电台
报送单位：中国广播电影电视社会组织联合会
主创人员：张翼、徐权宝、马俊青、孙峰、双马田野
作品时长：35 分 42 秒
刊播栏目：949 交通广播《我要说声谢谢你》
首发日期：2017 年 7 月 10 日

作品简介

潘玉莲奶奶以博大的胸怀、爱心和 25 年的坚守，给我们讲述了一个感人至深的中国故事。如今，潘玉莲获得“感动喀什十大人物”荣誉，她是民族团结的典范和践行者，她的事迹感动了千千万万的人。

获奖理由

节目将访谈直播间搬到了“潘玉莲双语爱心课堂”里，孩子们上课的过程和广播新闻访谈同步进行，情景交融，让听众有一种置身现场的感觉，十分接地气。

新媒体展示

使用手机扫描下方二维码，即可观看本条获奖作品的新媒体展示。

那片绿色，那群人

作品信息

作品类型：三等奖 · 广播访谈
刊播单位：河北广播电视台
报送单位：中国广播电影电视社会组织联合会
主创人员：王伟、卢翠利、文稚超、瞿兴华、张昕欣、崔丽珍
作品时长：40 分 11 秒
刊播栏目：河北音乐广播《乐亮星空》
首发日期：2017 年 12 月 9 日

河北广播电视台
www.hebtv.com

作品简介

广播新闻访谈《那片绿色，那群人》聚焦被习近平总书记称为“推进生态文明建设的一个生动范例”的塞罕坝机械林场，通过对林场三代建设者代表的深入式访谈，展现了“牢记使命、艰苦创业、绿色发展”的塞罕坝精神。

新媒体展示

使用手机扫描下方二维码，即可观看本条获奖作品的新媒体展示。

获奖理由

本作品选题重大，结构严密，采访有细节有故事，感染力十足，是近年来生态文明报道的佳作，有利于全社会深入学习塞罕坝精神，激励更多人践行绿色生活方式。

年楚河畔菜根香

作品信息

作品类型：三等奖·广播直播
刊播单位：中国西藏人民广播电台
报送单位：中国广播电影电视社会组织联合会
主创人员：集体
作品时长：60 分
刊播栏目：汉语广播《新闻早世界》
首发日期：2017 年 5 月 28 日

中国西藏人民广播电台

作品简介

节目通过现场访谈、记者连线等方式展现了白朗蔬菜 20 年的发展历程。通过蔬菜种植给白朗人带来的生活上的变化、观念上的变革、经济上改变，反映出白朗种植蔬菜的创业之路、创新之路的艰辛。

获奖理由

节目体现了广播媒体的历史担当和社会责任，提炼出白朗县大棚蔬菜种植这个具有西藏时代特色的典型，立意高远，现场生动，是一次以声音向“老西藏精神”、向改革精神致敬的直播作品。

新媒体展示

使用手机扫描下方二维码，即可观看本条获奖作品的新媒体展示。

南来北往
——2017 春运观察

作品信息

作品类型:三等奖·广播直播
刊播单位:广东广播电视台
报送单位:中国广播电影电视社会组织联合会
主创人员:集体
作品时长:58 分 15 秒
刊播栏目:《广东民声热线》
首发日期:2017 年 1 月 13 日

广东广播电视台

作品简介

这是全景报道寒潮下 2017 年春运第一天的铁路运输情况的现场直播。直播主场在广州南站,它是春运人潮最密集、国内停靠动车组数量最多的火车站。直播派出多路记者到长沙站、广州站、广州南站、爱心专列等春运第一线进行多点现场直击,全面报道抗击寒潮、服务春运的举措。

新媒体展示

使用手机扫描下方二维码,即可观看本条获奖作品的新媒体展示。

获奖理由

作品在广播直播中有效利用了多媒体的手段,以运输部门的权威分析和视觉元素,观察高铁时代广东春运正在发生的变化。让在春运中感受到便捷服务的人们,从各自的立场发现和展望春运回家路上的变化。另外,该作品对广播在媒体融合发展中的可视化生产及复合传播进行了有益的探索和开拓。

精准扶贫 我们在路上

——隰县第七届玉露香梨花节

作品信息

作品类型：三等奖·广播直播
刊播单位：山西广播电视台
报送单位：中国广播电影电视社会组织联合会
主创人员：集体
作品时长：30 分 07 秒
刊播栏目：“精准扶贫，我们在路上”大型公益直播特别节目
首发日期：2017 年 4 月 19 日

山西广播电视台
Shanxi Radio and Television Station

作品简介

山西综合广播以“精准扶贫，我们在路上”为主题，先后选择具有产业扶贫、电商扶贫、异地搬迁、生态脱贫、精准培训、旅游扶贫、驻村帮扶等特色的地点，遍布全省南北西东，全面展示全省实施精准扶贫工作以来涌现出的先进典型和事迹，把直播室设到田间地头，让广大农村群众、基层干部走近话筒，倾诉所思所想。

获奖理由

山西综合广播把直播现场设在梨花盛开的果园旁边，和百姓充分互动，让果农发声，尽情倾诉脱贫路上的所作所为、所见所闻、所思所想。节目事例动人、气氛融洽、语言朴实、主持流畅，听起来更接地气，也更有感染力。

新媒体展示

使用手机扫描下方二维码，即可观看本条获奖作品的新媒体展示。

8 月 28 日《909 早新闻》

作品信息

作品类型:三等奖・广播编排
刊播单位:天津广播电视台
报送单位:中国广播电影电视社会组织联合会
主创人员:董朗、邢耕、陈凌云
作品时长:58 分 09 秒
刊播栏目:《909 早新闻》
首发日期:2017 年 8 月 28 日

作品简介

8 月 28 日 7 时,《909 早新闻》节目对第十三届全国运动会进行了全方位的关注报道。节目充分发挥广播传播特点,运用丰富的现场音响和生动的文字,回顾开幕式盛况。

新媒体展示

使用手机扫描下方二维码,即可观看本条获奖作品的新媒体展示。

获奖理由

本期《909 早新闻》选题重大、内容丰富、体裁多样,充分发挥了广播声音传播的特点,积极调动了现场音响、采访对象语言、文字等多种要素,将这场全运盛会完整呈现。

10 月 15 日《1046 新闻晚高峰》

作品信息

作品类型：三等奖 · 广播编排
刊播单位：湖北广播电视台
报送单位：中国广播电影电视社会组织联合会
主创人员：集体
作品时长：26 分 29 秒
刊播栏目：湖北之声
首发日期：2017 年 10 月 15 日

作品简介

整组编排围绕长江大桥 60 年这一主题布局谋篇，兼顾信息量和服务性。编者敏锐把握、精心策划、高效调度、用心编辑，为听众呈现出一组高质量的新闻编排，献礼大桥，献礼新时代。

获奖理由

整组编排体裁丰富多样，包括现场连线、录音报道、特写、综述、评论、声音纪录片等，层次分明，脉络清晰，一气呵成。重大新闻事件、宏大主题宣传，两者如何完美结合，这篇作品给出了答案。

新媒体展示

使用手机扫描下方二维码，即可观看本条获奖作品的新媒体展示。

中国新闻奖

电视类 · 特别奖

将改革进行到底

作品信息

作品类型:特别奖・电视专题
刊播单位:中央电视台
报送单位:中国广播电影电视社会组织联合会
主创人员:集体
作品时长:100 分
刊播栏目:综合频道《将改革进行到底》
首发日期:2017 年 7 月 17 日

作品简介

该片是迄今为止,首次对全面深化改革进行权威、全景报道的作品,既体现了较强的思想性和理论深度,又讲述了人民群众身边生动的改革故事。

获奖理由

该片播出后引起全党全军全国各族人民的普遍关注,社会反响强烈,为党的十九大胜利召开营造了良好舆论氛围,受到中央领导肯定,被称作一堂由亿万观众、网友参与的“全民改革公开课”,唱响全面深化改革的时代最强音。

新媒体展示

使用手机扫描下方二维码,即可观看本条获奖作品的新媒体展示。

中国新闻奖

电视类 · 一等奖

习近平在瞻仰中共一大会址时强调 铭记党的奋斗历程 时刻不忘初心 担当党的崇高使命 矢志永远奋斗

作品信息

作品类型：一等奖·电视消息
刊播单位：中央电视台
报送单位：中国广播电影电视社会组织联合会
主创人员：集体
作品时长：15 分 47 秒
刊播栏目：中央一套《新闻联播》
首发日期：2017 年 10 月 31 日

CCTV 中国中央电视台

作品简介

这是十九大之后新一届中央领导首次集体出席京外活动。新一届中央领导集体瞻仰中共一大会址，重温入党誓词，宣誓中国共产党人不忘初心。此次活动内容丰富、意义重大，但报道任务重、准备时间紧，编辑与摄像人员预先精细分工，全程通力配合，确保这一条近 16 分钟的重要时政新闻安全、准确、依序播出。

获奖理由

时政团队根据现场环境、主体背景、光线条件架设灯光，参照镜头拍摄效果反复调试主体和背景的光比、照度、角度等，充分呈现党徽、浮雕、南湖红船、党员群众等重要元素，增添了报道感染力和冲击力。

新媒体展示

使用手机扫描下方二维码，即可观看本条获奖作品的新媒体展示。

减产为何却增收?

作品信息

作品类型:一等奖 · 电视评论
刊播单位:黑龙江广播电视台
报送单位:黑龙江省新闻工作者协会
主创人员:杨国栋、金威、杨凯、刘峰、姜禹
作品时长:12 分 31 秒
刊播栏目:新闻频道《新闻在线》
首发日期:2017 年 12 月 31 日

作品简介

2017 年黑龙江出现农业减产却增收的奇特现象,记者通过抽丝剥茧的分析,得出黑龙江农业减少的是产量,增加的是价值的结论,揭示了农业供给侧结构性改革给农业带来的重大变化,印证了习近平提出的“实现高质量发展,是保持经济社会持续健康发展的必然要求”这一正确论断。

新媒体展示

使用手机扫描下方二维码,即可观看本条获奖作品的新媒体展示。

获奖理由

作品以思辨的高度揭示了黑龙江粮食产量降了下来,农民钱袋子鼓起来的根本原因,提出了更注重质量、更注重市场新需求、更注重效益的观点,为正在进行战略性调整的中国农业提供了方向。虽是地方新闻,却有全国意义。

刘桂珍:四副担子一肩挑

作品信息

作品类型:一等奖·电视专题
刊播单位:山西广播电视台
报送单位:山西省新闻工作者协会
主创人员:陈霞、吕胜春、李珊珊、宿展
作品时长:9分10秒
刊播栏目:山西卫视《山西新闻联播》
首发日期:2017年6月22日

作品简介

作品中,刘桂珍一边给3个学生上课,一边给老人输液;村民的家人拎着礼物来感谢"桂珍姐";在村民眼中刘桂珍就是"全代县也难找这样的人"……这些情理之中、意料之外的现场和细节,展现出一位基层共产党员永葆为人民服务的政治情怀的感人形象。

获奖理由

作品紧扣"践行党员宗旨"的重大主题,充分挖掘展现了主人公典型事迹。报道真实生动、层层递进、细节感人、采访真实、人物鲜活。全片布局巧妙,起承转合自然,声画运用恰当,剪辑衔接流畅,文字鲜活,故事性很强。

新媒体展示

使用手机扫描下方二维码,即可观看本条获奖作品的新媒体展示。

第五空间
——隐秘的威胁

作品信息

作品类型：一等奖·电视专题
刊播单位：上海广播电视台
报送单位：上海市新闻工作者协会
主创人员：集体
作品时长：30 分
刊播栏目：东方卫视特别节目
首发日期：2017 年 9 月 16 日

作品简介

《第五空间》是国内第一部聚焦网络安全的电视新闻专题片，从个人、社会、国家三个维度，全方位分析网络安全现状。《隐秘的威胁》是《第五空间》的第二集，有着鲜明的时代特色。

新媒体展示

使用手机扫描下方二维码，即可观看本条获奖作品的新媒体展示。

获奖理由

本片是开创性的作品，是国内第一部以网络安全为主题的电视深度报道。拍摄极具艺术创新力，画面充满未来感和科技感；内容布局立意高远，发人深省；社会影响大，传播效果好，堪称电视新闻专题的杰作。

为了人民

作品信息

作品类型：一等奖·电视系列
刊播单位：湖南广播电视台
报送单位：湖南省新闻工作者协会
主创人员：集体
作品时长：8分56秒
刊播栏目：《湖南新闻联播》
首发日期：2017年7月11日至7月18日

湖南广播电视台
Hunan Broadcasting System

作品简介

栏目派出8个摄制组，组织近30名记者、摄像，分赴湖南省的脱贫攻坚主战场——武陵山片区和罗霄山片区，与扶贫队员同吃同住同思考。记者、摄像多次往返拍摄，行程近万里，用细腻的镜头和笔触，分别讲述了8位驻村扶贫队长扎根一线、甘于奉献的扶贫故事。

获奖理由

这组系列报道主题鲜明、故事真实感人，具有很强的视觉冲击力，塑造了湖南数十万扶贫战士的英雄群像，为扶贫事业提振了信心、鼓舞了士气，是融思想性和艺术性于一体的好作品。

新媒体展示

使用手机扫描下方二维码，即可观看本条获奖作品的新媒体展示。

抗战始于九一八

作品信息

作品类型：一等奖 · 电视访谈
刊播单位：黑龙江广播电视台
报送单位：中国广播电影电视社会组织联合会
主创人员：褚天舒、王晶晶、刘建成、柴万金
作品时长：15 分 40 秒
刊播栏目：新闻频道《沟通—天舒工作室》
首发日期：2017 年 9 月 18 日

作品简介

作品敏锐地抓住了这一全国人民关注的重大事件，以主持人访谈的形式，将这一新闻事件的背景和实现过程全面、及时地呈现出来。谈话过程中，94 岁的抗联老战士李敏深情回顾了她在抗联的烽火岁月。谈话过程时而惊心动魄，仿佛身临其境；时而情感充沛，催人泪下。

新媒体展示

使用手机扫描下方二维码，即可观看本条获奖作品的新媒体展示。

获奖理由

选题重大，抓住中小学历史教材将抗战起始时间做出重大调整，将抗战 8 年改为 14 年的话题。播出适时，选择“九一八”纪念日播出，体现新闻意识、媒体态度。编排精当，用《松花江上》《义勇军进行曲》开始和结束，思想性与艺术性结合。谈话精彩，8 位人物受访，中心突出、详略得当、入情入理。

庆祝中国人民解放军建军 90 周年特别节目

作品信息

作品类型：一等奖 · 电视直播
刊播单位：中央电视台
报送单位：中国广播电影电视社会组织联合会
主创人员：集体
作品时长：194 分
刊播栏目：特别节目
首发日期：2017 年 7 月 30 日

作品简介

网民纷纷点赞央视直播报道，认为解说词强而有力，镜头切换恰到好处，背景音乐使用得当，称赞“直播干净利落，气势磅礴！人民军队的力量，正是要靠这些专业的媒体手段，才能传达出去，才能让世界人民知道我们这支威武文明的胜利之师！”

获奖理由

庆祝中国人民解放军建军 90 周年阅兵是我军历史上首次沙场阅兵，为此制作的特别节目也是央视首次在大漠戈壁进行的重大时政活动直播。全系统通力合作，圆满完成任务，实现了政治性、艺术性、群众性和国际性的高度统一，为十九大胜利召开营造了热烈浓厚的氛围。

新媒体展示

使用手机扫描下方二维码，即可观看本条获奖作品的新媒体展示。

12 月 27 日《宁波新闻》

作品信息

作品类型：一等奖 · 电视编排
刊播单位：宁波广播电视集团
报送单位：中国广播电影电视社会组织联合会
主创人员：集体
作品时长：30 分 39 秒
刊播栏目：新闻综合频道《宁波新闻》
首发日期：2017 年 12 月 27 日

作品简介

节目综合运用了全现场报道、演播室访谈、人物特写、现场连线等多种电视表现形态，以及虚拟动画、双视窗、第二演播室、高清背景大屏、无人机航拍等电视技术手段，打造图文并茂、声画互融的视听效果，让观众更清晰、更直观、更立体、更准确地理解新闻内容。

新媒体展示

使用手机扫描下方二维码，即可观看本条获奖作品的新媒体展示。

获奖理由

这期节目围绕“宁波舟山港年货物吞吐量突破 10 亿吨，成为全球首个 10 亿吨大港”，创新编排，通过事件、解读、背景、访谈、点评、人物特写、连线等多种电视播报手段，以及微信群聊等方式，多维度解读这个世界航运史上的里程碑事件，诠释“10 亿吨”的深远影响。节目主题重大、编排节奏紧凑、表现手段丰富，全现场报道一气呵成。

中国新闻奖

电视类・二等奖

一张规划图调整的背后

作品信息

作品类型:二等奖·电视消息
刊播单位:天津电视台
报送单位:天津市新闻工作者协会
主创人员:集体
作品时长:3 分 40 秒
刊播栏目:天津卫视《12 点报道》
首发日期:2017 年 12 月 1 日

作品简介

为及时进行报道,记者第一时间赶往宁河进行了前期踩点、拍摄,经过沟通,选取了天津市宁河区一张规划图改变背后的故事,以此展现十九大关于生态文明建设的要求。报道中呈现了短兵相接的矛盾冲突、区域利益,以及相关负责人内心的挣扎、观念的转变。

获奖理由

作品及时贯彻落实十九大精神,紧紧围绕习近平总书记“绿水青山就是金山银山”的绿色发展理念,敢于在采访中动真碰硬,让各方直面利益冲突、矛盾点,在一定程度上起到了“督办改革”的作用。

新媒体展示

使用手机扫描下方二维码,即可观看本条获奖作品的新媒体展示。

我国实现世界首次洲际量子通信

作品信息

作品类型：二等奖 · 电视消息
刊播单位：中央电视台
报 送 人：帅俊全
主创人员：陈杰、刘鑫、帅俊全、付海亮
作品时长：1 分 45 秒
刊播栏目：新闻频道《朝闻天下》
首发日期：2017 年 9 月 30 日

CCTV 中国中央电视台

作品简介

记者多年来一直跟踪报道我国量子科研进展，对首次洲际量子通信这一成果高度重视，提前策划积极部署，在新闻事件第一现场用视频独家记录了这一历史性时刻。

新媒体展示

使用手机扫描下方二维码，即可观看本条获奖作品的新媒体展示。

获奖理由

在创新驱动发展的战略下，我国量子通信领域近年来取得一系列领跑世界的重大科技成果。这条新闻是该记者多年一直跟踪报道量子研究的作品。节目简单明了、客观真实、通俗易懂，报道了我国在创新型国家建设中的标志性成果。

海尔:全球家电巨头的小微化转型

作品信息

作品类型:二等奖·电视消息
刊播单位:山东广播电视台
报送单位:山东省新闻工作者协会
主创人员:刘仁超、陈琛、伊力
作品时长:3 分 57 秒
刊播栏目:《山东新闻联播》
首发日期:2017 年 12 月 30 日

作品简介

海尔的转型,对当下我国传统企业的转型升级、实现高质量发展具有重要的启示意义。作者敏锐捕捉到这一重大主题,并抓住海尔孵化出来的小微公司雷神科技上市这个线索,深入开挖,将整个海尔的转型渐次展现、娓娓道来。

获奖理由

该作品主题重大,选材鲜活;采访扎实细致,同期简练生动;镜头精美,运用恰当,剪辑紧凑流畅。总体来看,这是一则优秀的作品。

新媒体展示

使用手机扫描下方二维码,即可观看本条获奖作品的新媒体展示。

《十九大观察》第一期

作品信息

作品类型：二等奖 · 电视评论
刊播单位：中央电视台
报送单位：中国广播电影电视社会组织联合会
主创人员：集体
作品时长：27 分
刊播栏目：新闻频道《新闻 1+1》
首发日期：2017 年 10 月 18 日

CCTV.
中国中央电视台

作品简介

2017 年 10 月 18 日，举世瞩目的中共十九大正式开幕，《新闻 1+1》也进入十九大时间，精心推出版块化设计的特别节目《十九大观察》。节目短片制作精良，采访、图片、PPT 多种元素的使用使得报道更加立体丰富。

新媒体展示

使用手机扫描下方二维码，即可观看本条获奖作品的新媒体展示。

获奖理由

节目创新报道方式，改变报道语态，策划精心细致，评论有高度、有深度，多版块、个性化地呈现了十九大的焦点与要点。

让我们一起飞翔

作品信息

作品类型：二等奖·电视专题
刊播单位：苏州广播电视总台
报送单位：中国人民大学
主创人员：集体
作品时长：37 分 11 秒
刊播栏目：生活资讯频道《乐惠苏州》
首发日期：2017 年 12 月 30 日

作品简介

2017 年 1 月初，苏州从拉萨市 600 个建档立卡的贫困家庭中选拔出来 28 位藏族学员赴苏培训。该片以精准扶贫为主题，以全国首个藏族直升机飞行员实现“蓝天梦”为切入点，用倒叙的方式介绍了两地“一起飞翔”的全过程。

获奖理由

专题片以全国首个藏族直升机飞行员实现“蓝天梦”为主题，介绍了苏州与西藏两地“一起飞翔”的全过程，生动表现了国家精准扶贫政策帮助藏族孩子改变命运的主题，同时也反映出“汉藏一家”的大情怀。

新媒体展示

使用手机扫描下方二维码，即可观看本条获奖作品的新媒体展示。

守望江豚

作品信息

作品类型：二等奖·电视专题
刊播单位：江西广播电视台
报送单位：江西省新闻工作者协会
主创人员：周东、刘志刚、王艳、徐炳栋
作品时长：24 分 13 秒
刊播栏目：都市频道《守望江豚》
首发日期：2017 年 10 月 31 日

江西广播电视台

作品简介

该片以搜救受伤江豚“康康”的新闻事件为故事线索，从江豚保护志愿者余会功的视角，讲述了他多年来拍摄和保护长江江豚的故事，首次系统而深入地反映了我国长江流域江豚保护的困境和希望。

新媒体展示

使用手机扫描下方二维码，即可观看本条获奖作品的新媒体展示。

获奖理由

该片呈现了长江江豚很多难得一见的镜头，可以极大地激发观众对长江江豚的保护热情，具有很强的现实意义。

今晚观察:真假干部

作品信息

作品类型:二等奖·电视专题
刊播单位:沈阳广播电视台
报送单位:辽宁省新闻工作者协会
主创人员:李阳、姜黎学、刘岱仑、马晓靓、刘尚武、徐洋
作品时长:30 分 35 秒
刊播栏目:新闻综合频道《沈视晚报》
首发日期:2017 年 4 月 19 日

作品简介

有现任的社区工作人员向媒体投诉,称自己没有享受到正常的岗位薪资和福利待遇。记者以此为线索展开了调查,并揭露了之前社区选举过程中的不法行为。

获奖理由

报道调查事实全面细致,逻辑严密,经得起推敲。这样的报道,是贯彻落实党中央反腐倡廉要求的踏实实践。媒体用“踏石留印、抓铁有痕”的工作作风,让不法行为曝光在监督之下,让干部知敬畏,让群众得实惠。

新媒体展示

使用手机扫描下方二维码,即可观看本条获奖作品的新媒体展示。

追忆钟扬

作品信息

作品类型：二等奖·电视系列
刊播单位：上海广播电视台
报送单位：上海市新闻工作者协会
主创人员：虞之青、周云、戴晶磊、李正强、
张小米、顾怡玫、陶余鑫、王卫
作品时长：4 分 49 秒
刊播栏目：《新闻透视》
首发日期：2017 年 12 月 13 日至 12 月 15 日

作品简介

《追忆钟扬》电视系列专题片分别从一名科学家、一位援藏教师、一位追梦者三个角度排篇布局，还原钟扬教授生前的点点滴滴。记者通过走访红树林、上海自然博物馆等地，追寻钟扬教授生前足迹，从细节中反映大爱背后的精神力量。

新媒体展示

使用手机扫描下方二维码，即可观看本条获奖作品的新媒体展示。

获奖理由

成片并不拘泥于平铺直叙，而是巧妙运用了电视化语言。摄制组克服时间紧、任务重的压力，积极沟通采访事宜，对海量素材进行梳理提炼，以钟扬教授生前语录首尾呼应，既带入主题又发人深省，从细节中反映大爱背后的精神力量。

海丝·粤桥

作品信息

作品类型：二等奖·电视系列
刊播单位：广东广播电视台
报送单位：广东省新闻工作者协会
主创人员：杨田子、欧琳琳、董琳、杜曼、王一凡、曾广添、吴姗姗
作品时长：5 分 32 秒
首发日期：2017 年 10 月 2 日至 12 月 17 日

广东广播电视台

作品简介

记者秉持挖掘“一带一路”中的粤侨故事，记录海外华人华侨的奋斗史的初衷，围绕“一带一路”建设中人文交流、共建共享的话题，走访了十多个海外华人社团，采访了近百位粤籍侨胞、驻外使领馆官员以及部分国家政要。

获奖理由

该系列报道主题宏大、选题精准、紧扣热点、视角独特，以“一带一路”上的文化传承为主线，漂洋过海去记录、传播粤侨精神。镜头细腻、结构巧妙、细节感人，用人物故事展现出海外华人守护传承中华文化的决心与魄力。

新媒体展示

使用手机扫描下方二维码，即可观看本条获奖作品的新媒体展示。

6 微米的距离
——小强对话姚玉峰

作品信息

作品类型:二等奖·电视访谈
刊播单位:浙江广播电视集团
报送单位:中国广播电影电视社会组织联合会
主创人员:王志强、赵敏、焦征远、王婷婷、金俊、张晟
作品时长:24 分 5 秒
刊播频道:电视公共·新闻频道
首发日期:2017 年 6 月 29 日

作品简介

姚玉峰是浙江大学医学院附属邵逸夫医院的一名眼科医生,是我国攻克角膜移植世纪难题的第一人。本片打破常规,主持人小强走进医院,通过全程陪伴式拍摄和对话,生动自然地展现了一个最为真实、感人的眼科医生形象。

新媒体展示

使用手机扫描下方二维码,即可观看本条获奖作品的新媒体展示。

获奖理由

选题厚重、立意深远、真诚服务,展现了科技工作者的家国情怀以及仁心仁术。全片采访生动,对话自然真实,展现了一个科技工作者的强烈的社会责任感。

乌托邦是座什么岛?

作品信息

作品类型:二等奖·电视访谈
刊播单位:湖南广播电视台
报送单位:湖南大学
主创人员:尹开源 、甘大智、赵超军、肖政佳
作品时长: 40 分
刊播栏目:《社会主义"有点潮"》
首发日期:2017 年 10 月 30 日

湖南广播电视台
Hunan Broadcasting System

作品简介

节目由一位主持人、三位嘉宾围绕主题进行生动、深入的阐述,辅以现场提问环节,让观众对社会主义的历史与现实有了更全面更深刻的认识。节目还借助全息技术,再现经典的历史画面,增强了理论宣传的故事性和趣味性。

获奖理由

该节目以空想社会主义的发展历程为线索,以广大受众容易接受的方式讲述"马克思主义的故事",是把主流意识形态话语更好地融入日常生活话语,转化为人们的思想观念和行为方式的创新探索,获得了突出的传播效果。

新媒体展示

使用手机扫描下方二维码,即可观看本条获奖作品的新媒体展示。

“党代表通道”直播报道

作品信息

作品类型：二等奖 · 电视直播
刊播单位：中央电视台
报送单位：中国传媒大学
主创人员：集体
作品时长：60 分 55 秒
刊播栏目：《扬帆再启航 · 十九大特别节目》
首发日期：2017 年 10 月 18 日

CCTV 中国中央电视台

作品简介

“党代表通道”是本次党代会的创新开放之举，栏目通过电视直播、新闻短片、特别节目、新媒体直播等多种形式，进行了融媒体、全方位、立体化宣传报道。将党代表的风采呈现给观众，展现出一个开放自信的大国形象。

新媒体展示

使用手机扫描下方二维码，即可观看本条获奖作品的新媒体展示。

获奖理由

“党代表通道”直播，是我国重大时政报道直播的创新，是一次电视时政报道手段的创新，通过全网络向世界发出了中国声音，展示了中国共产党开放自信的形象，反映了新闻从业者在时政新闻报道中的不断创新与探索精神。

3 月 30 日《广西新闻》

作品信息

作品类型：二等奖 · 电视编排
刊播单位：广西广播电视台
报送单位：中国广播电影电视社会组织联合会
主创人员：集体
作品时长：24 分
刊播栏目：广西卫视《广西新闻》
首发日期：2017 年 3 月 30 日

作品简介

本期节目通过“壮族三月三”节日，把家国情怀、民族团结、浓重乡愁等进行全景式呈现，编排上既有当天活动盛况的报道，也有现场直播。近百名记者奔赴广西各地以及区外国外，深入基层一线“抓活鱼”，发回大量精彩报道。

获奖理由

整期编排弘扬了时代主旋律，展现了各民族团结融合安居乐业，反映了各民族共同守卫祖国边疆、共同创造美好生活的中华民族共同体意识，既有地域特点，又有国际视野；既彰显民族文化底蕴，又展示了中华民族的文化自信。

新媒体展示

使用手机扫描下方二维码，即可观看本条获奖作品的新媒体展示。

中国新闻奖

电视类·三等奖

云南首例因辍学“官告民”案在怒江兰坪县审理

作品信息

作品类型：三等奖·电视消息
刊播单位：怒江广播电视台
报送单位：云南省新闻工作者协会
主创人员：李春珍、严正华、和倩、熊羽、李娟
作品时长：3分58秒
刊播栏目：《怒江新闻》
首发日期：2017年11月27日

作品简介

11月24日，在兰坪县啦井镇新建村发生云南首例因辍学引发的“官告民”案件。怒江电视台记者对整个庭审过程、周边村民的反响、相关专家意见等进行深入采访，并深入辍学学生家中，就其家庭条件、辍学原因等进行了调查。

获奖理由

该则消息主题突出、层次分明、策划采访到位，是一条值得推荐的贴近实际、贴近生活、贴近群众的民生新闻。

新媒体展示

使用手机扫描下方二维码，即可观看本条获奖作品的新媒体展示。

吐逊古·黑力力：一步一步朝着梦想前进

作品信息

作品类型：三等奖·电视消息
刊播单位：新疆兵团广播电视台
报送单位：新疆生产建设兵团新闻工作者协会
主创人员：郭惠婷、葛红霞、相华、邹正海、高景垒
作品时长：3 分 50 秒
刊播栏目：《兵团新闻联播》
首发日期：2017 年 12 月 31 日

作品简介

记者深入地处喀什地区的三师五十三团，采访到了维吾尔族女孩吐逊古·黑力力，讲述了她不放弃梦想，结婚后依然坚持学习，取得中专文凭，找到工作，当选图木舒克市人大代表，一步一步朝着梦想努力的故事。

新媒体展示

使用手机扫描下方二维码，即可观看本条获奖作品的新媒体展示。

获奖理由

该作品入题切口小、角度巧妙，将敏感的社会问题深入浅出地讲述得清晰明了；人物典型、采访精练、文风朴素，有着很强的新闻性。

“一户一马”？“一户一码”！

作品信息

作品类型：三等奖 · 电视消息
刊播单位：黔南电视台
报送单位：贵州省新闻工作者协会
主创人员：韦良成、陈宁、杨世友、郑妮
作品时长：1 分 30 秒
刊播栏目：《黔南新闻联播》
首发日期：2017 年 11 月 28 日

作品简介

2017 年，黔南在大数据脱贫方面涌现出了许多亮点和经验，“一户一码”就是大数据脱贫中的一大创新模式。作者打破常规报道方式，贴近实际，通过生动、形象、活泼的表现手法，展示出了大数据脱贫这一新举措所发挥的积极作用。

获奖理由

常规式的大数据扶贫报道有很多，如何打破常规，让老百姓更愿意看？作者一直在思考。作者巧妙地通过谐音“码”与“马”，增强了趣味性，也让节目更有看点。

新媒体展示

使用手机扫描下方二维码，即可观看本条获奖作品的新媒体展示。

中国青海可可西里申遗成功 成为我国面积最大的世界自然遗产地

作品信息

作品类型：三等奖・电视消息
刊播单位：青海电视台
报送单位：青海省新闻工作者协会
主创人员：李焱、张晓巍、杨惠瑾、魏文婷、戴建勋
作品时长：2 分 25 秒
刊播栏目：《青海新闻联播》
首发日期：2017 年 7 月 08 日

作品简介

2017 年 7 月 7 日，在波兰克拉科夫举行的第 41 届世界遗产大会上，青海可可西里正式成为中国第 51 处世界遗产，也是我国面积最大的世界自然遗产地。记者克服各种困难，辗转 35 个小时，奔赴前方，实地见证激动人心的时刻。

新媒体展示

使用手机扫描下方二维码，即可观看本条获奖作品的新媒体展示。

获奖理由

报道题材重大，真正体现了新闻“短、快、新、活”的特性，所采用的资料画面精美，生动翔实，印证了可可西里在世界遗产中的重大价值和地位，具有强大的说服力。

外国使节神山村里探寻中国脱贫经验

作品信息

作品类型:三等奖·电视消息
刊播单位:江西广播电视台
报送单位:江西省新闻工作者协会
主创人员:谢永芳、赵洪潭、付忆静、聂运筹、王敏
作品时长:3分32秒
刊播栏目:《江西新闻联播》
首发日期:2017年12月17日

江西广播电视台

作品简介

非洲国家驻华大使赴赣考察井冈山的神山村。作为中国脱贫攻坚工作的重点村，神山村靠什么在全国率先脱贫?十九大结束后，世界上贫困人口最多的非洲国家为什么集体来到这里，又会有怎样的发现与评价?

获奖理由

这条新闻创新视角，选择在适当时间，在关键地点，通过特殊的重量级采访对象，生动地呈现了中国脱贫攻坚工作的重要经验。虽然主题宏大，但阐释由表及里、由点到面，有血有肉，令人信服。

新媒体展示

使用手机扫描下方二维码，即可观看本条获奖作品的新媒体展示。

诗词热的背后

作品信息

作品类型：三等奖 · 电视评论
刊播单位：重庆广播电视集团（总台）
报送单位：重庆市新闻工作者协会
主创人员：徐剑、王琮
作品时长：15 分
刊播栏目：《新闻解码》
首发日期：2017 年 2 月 26 日

作品简介

2017 年 2 月，《中国诗词大会》在央视落幕，记者由此展开调查，走访参加诗词大会的大学教师，进入展开传统文化教育的学校，接触学生、询问教师，多层次、多角度地围绕节目热点话题，展开了细致的采访和讲述。

新媒体展示

使用手机扫描下方二维码，即可观看本条获奖作品的新媒体展示。

获奖理由

节目鲜活呈现了传统文化浸润内化的作用，为学生的成长带来的变化和促进作用，展现了优秀传统文化和学校学科教育融合的途径和效果。节目的切入、分析、故事、个例都可圈可点，逻辑完备，思考全面。

科技创新
“最后一公里”如何走?

作品信息

作品类型:三等奖·电视评论
刊播单位:山东广播电视台
报送单位:山东省新闻工作者协会
主创人员:韩信、窦全勇、刘洋、伊力、孙国栋
作品时长:14 分 18 秒
刊播栏目:《民生直通车》
首发日期:2017 年 12 月 31 日

作品简介

2017 年,山东理工大学一项颠覆性科技成果卖出了 5 亿元“天价”,这是科技成果历经曲折,突破“最后一公里”的典型案例。记者从小角度切入,深入调查“天价”转让费背后的故事,阐述科技创新难行的原因,分析探讨科技创新途径。

获奖理由

作者以敏锐的观察力挖掘新闻背后的故事,客观真实的记录中穿插冷静犀利的评论,让作品行文流畅精练,主题鲜明,充分表现了科技成果突破“最后一公里”的紧迫性。作品引人入胜、发人深省。

新媒体展示

使用手机扫描下方二维码,即可观看本条获奖作品的新媒体展示。

“治沙愚公”王银吉

作品信息

作品类型：三等奖 · 电视专题
刊播单位：武威市广播电视台
报送单位：甘肃省新闻工作者协会
主创人员：韩崔德祯、刘育红、薛国权、贺兴焱、周睿、殷哲
作品时长：12 分
刊播栏目：《凉州纪录》
首发日期：2017 年 11 月 20 日

作品简介

甘肃省武威市凉州区长城镇红水村农民王银吉在腾格里沙漠腹地走出了一条艰辛而执着的防沙治沙之路，作品通过记录王银吉一家人的日常生活，反映全家人义务防沙治沙，以“小家”的无私奉献影响着“大家”共同行动的高尚情怀。

新媒体展示

使用手机扫描下方二维码，即可观看本条获奖作品的新媒体展示。

获奖理由

王银吉的行动感动和影响了成千上万的人，每年都会有大批的志愿者来到这里义务植树造林，绿色得到了持续的延伸。该片画面真实唯美、制作精良，解说到位，作品富有感染力。

翠翠的艾滋高考纪念册

作品信息

作品类型：三等奖 · 电视专题
刊播单位：中国教育电视台
报送单位：中国广播电影电视社会组织联合会
主创人员：孟小曼、周仁杰、高杰、郎天辰
作品时长：11 分 20 秒
刊播栏目：《e 视界》
首发日期：2017 年 6 月 2 日

作品简介

山西临汾红丝带学校是中国唯一的艾滋病学校，2017 年有 16 名学生参加高考。记者以学生翠翠为核心人物进行了为期 3 天的记录跟拍，客观反映了艾滋病学生所面临的高考难、入学难、学习难等诸多问题。

获奖理由

该作品采用纪实手法拍摄，客观反映了艾滋病学生所面临的诸多问题，引起了社会的强烈关注。作品聚焦弱势学生群体，用媒体人的方式尽可能地帮助这些学生顺利完成高考，生动地讲述了中国教育故事。

新媒体展示

使用手机扫描下方二维码，即可观看本条获奖作品的新媒体展示。

冲出自力巷

作品信息

作品类型：三等奖 · 电视专题
刊播单位：重庆广播电视集团（总台）
报送单位：重庆市新闻工作者协会
主创人员：梁泽耀、杨金秀、李旭、何苦
作品字数：23 分 14 秒
刊播栏目：新闻频道《重庆发现》
首发日期：2017 年 10 月 30 日

作品简介

自力巷聚集着众多底层劳动者，“棒棒”便是其中之一。记者跟踪拍摄自力巷的几个“棒棒”师傅长达四年时间，通过讲述他们的故事，既表现他们勤劳、善良、坚韧的美好品德，也对他们的狡黠、自私进行“含泪的批判”。

新媒体展示

使用手机扫描下方二维码，即可观看本条获奖作品的新媒体展示。

获奖理由

节目既有时间跨度，也有人情温度。采访细致深入，对主人公内心活动及情感世界表现精准，细节生动，情感充沛，画面优美，做到了思想性、艺术性、观赏性的统一。

中国声音
——世界智能语音技术的领跑者刘庆峰

作品信息

作品类型：三等奖·电视专题
刊播单位：安徽广播电视台
报送单位：安徽省新闻工作者协会
主创人员：高蕾、高飞、从晓阳、郑德扬、陶玮、林岩松
作品时长：60分
刊播版面：科教频道特别节目
首发日期：2017年5月1日

安徽广播电视台

作品简介

本片从刘庆峰的人生经历切入，不仅再现了人物的成长道路和心路历程，也记录下中国改革开放大背景下，中国语音技术产业化的发展过程以及科大讯飞发展壮大的过程。

获奖理由

本片透过科大讯飞董事长刘庆峰的人物故事，准确把握了当下中国改革的热点和新时代“创新是引领发展的第一动力，是建设现代化经济体系的战略支撑”的精神，具有鲜明的时代性。

新媒体展示

使用手机扫描下方二维码，即可观看本条获奖作品的新媒体展示。

生　者

作品信息

作品类型：三等奖 · 电视专题
刊播单位：成都市广播电视台
报送单位：四川省新闻工作者协会
主创人员：张林林、李多思、邢航、李文娟、谭晟、袁理
作品时长：15 分 14 秒
刊播栏目：成都电视台公共频道《成都全接触》
首发日期：2017 年 5 月 19 日

成都市广播电视台
CDRTV

作品简介

本专题在十多分钟的时长中有效传递了人文关怀的光芒，在同类型的报道中十分难得。人物典型生动、情感真挚动人、导向积极向上是报道最大的三个特点。

新媒体展示

使用手机扫描下方二维码，即可观看本条获奖作品的新媒体展示。

获奖理由

该节目传递了震后生者的坚强与自信，同时也鼓舞了更多的人。该节目收视率明显偏高于当晚其他节目，有观众致电栏目组，表示节目中满满的正能量令人感动。

解密于欢案

作品信息

作品类型：三等奖·电视专题
刊播单位：中央电视台
报送单位：中国人民大学
主创人员：刘美佳、曾晓蕾、常杨
作品时长：23 分 34 秒
刊播栏目：新闻频道《法治在线》
首发日期：2017 年 6 月 23 日

作品简介

节目全篇以一场特殊的法治公开课为立意布局，从案件事实到公众提出的诸多质疑，再到办案人员采访、专家解读，详细解密于欢案前后过程，在回应社会关切的同时，将理性围观热点事件、参与法治建设的理念传达给观众。

获奖理由

节目紧扣社会关注热点，充分利用电视声画的生动性和纪实性，以翔实的证据材料、环环相扣的严谨逻辑客观呈现于欢案的关键过程、核心要点，起到了释疑解惑、安抚社会情绪的作用，体现了主流媒体的责任担当。

新媒体展示

使用手机扫描下方二维码，即可观看本条获奖作品的新媒体展示。

卓嘎、央宗姐妹一家几代人在玉麦放牧守边的故事

作品信息

作品类型:三等奖・电视系列
刊播单位:西藏电视台
报送单位:西藏自治区新闻工作者协会
主创人员:集体
作品时长:8 分 5 秒
首发日期:2017 年 12 月 28 日至 12 月 31 日

作品简介

在玉麦人身上,集中体现了艰苦奋斗、勇于担当、无私奉献的高尚品格;集中体现了中华民族自古以来热爱祖国、扎根边疆、保家卫国、建设家乡的家国情怀。家是最小国,国是千万家。

新媒体展示

使用手机扫描下方二维码,即可观看本条获奖作品的新媒体展示。

获奖理由

本系列报道在各大媒体中相继播出后取得了良好的社会效益。在全区上下更是掀起了学习他们一家几代人无私奉献的高尚品格和中华民族自古以来热爱祖国、扎根边疆、保家卫国、建设家乡的家国情怀的热潮。

彭阳县发现
大型西周诸侯王墓葬群

作品信息

作品类型:三等奖·电视系列
刊播单位:宁夏人民广播电台
报送单位:宁夏新闻工作者协会
主创人员:集体
作品时长:2分56秒
首发日期:2017年12月1日至12月3日

宁夏人民广播电台

作品简介

宁夏考古研究所在彭阳县新集乡姚河村发现了一处占地60多万平方米的大型西周墓葬群,从已经发掘的10座墓葬中,出土了数量众多的青铜马车陪葬品。专家认定,这是一座西周时期的诸侯墓葬。这一发现,改写了史料中记载的周文化的传播范围。

获奖理由

作品围绕彭阳发现大型西周诸侯王墓葬群这一重大考古发现,第一时间深入现场,拍摄到了珍贵的挖掘现场视频资料,并通过多位知名专家的深入分析,揭示出该考古发现的重大意义。

新媒体展示

使用手机扫描下方二维码,即可观看本条获奖作品的新媒体展示。

发现身边的贵州制造

作品信息

作品类型:三等奖 · 电视系列
刊播单位:贵州广播电视台
报 送 人:苏姝
主创人员:集体
作品时长:8 分 35 秒
首发日期:2017 年 8 月 21 日至 11 月 29 日

作品简介

这组报道是为迎接党的十九大、反映发展成就而推出的。虽然“意”在成就,却破题巧妙、精准发力,选取了“贵州制造”这个聚焦点,以“发现”为牵引,把成就聚焦于一件件物化的产品。

新媒体展示

使用手机扫描下方二维码,即可观看本条获奖作品的新媒体展示。

获奖理由

这组报道制作精良、视角独特,生动地反映了贵州这个中国经济发展“垫底”的省转身成为“党和国家事业大踏步前进的一个缩影”的巨大变化,报道中的一个个小故事,都是我们伟大时代的鲜活注脚。

扶贫周记

作品信息

作品类型:三等奖·电视系列
刊播单位:中国农业电影电视中心
报 送 人:张婷
主创人员:周玉勇、荆诚、钟倩
作品时长:15 分 22 秒
首发日期:2017 年 5 月 23 日至 10 月 11 日

作品简介

《扶贫周记》是在国家脱贫攻坚战略进入冲刺阶段推出的大型蹲点扶贫纪录片,以传播国家扶贫的决心、传递国家脱贫的力量为主线,以典型扶贫案例、生动人物故事为切口,记录国家级贫困县的扶贫脱贫攻坚克难的历程。

获奖理由

真实的事件、有血有肉的人物形象、具有强烈时代感的故事,使节目以真实的力量感染观众,同时也展示了新闻工作者扎根基层的务实作风、敬业精神和强烈的社会责任感。

新媒体展示

使用手机扫描下方二维码,即可观看本条获奖作品的新媒体展示。

独家新闻纪实·C919 首飞全记录

作品信息

作品类型：三等奖·电视系列
刊播单位：中央电视台
报送单位：湖南大学
主创人员：肖振生、崔霞、吴杰、王刚、赖虔瑜、刘辉辉
作品时长：6 分 31 秒
首发日期：2017 年 5 月 7 日至 5 月 10 日

CCTV
中国中央电视台

作品简介

节目组自 2016 年开始就对首飞任务进行了全程跟踪，2017 年制作连续报道《独家新闻纪实：C919 首飞全记录》，用镜头记录 C919 首飞背后不为人知的故事，更用事实回应了对 C919 的诸多疑问。

新媒体展示

使用手机扫描下方二维码，即可观看本条获奖作品的新媒体展示。

获奖理由

央视 C919 首飞的持续性全媒体报道，开创了同类报道先河，内容丰富立体，技术创新升级，从历史沿革出发，反映中国大飞机发展历程，用大量事实回应外界质疑，是中国高端制造品牌和中国高端传播渠道的完美结合。

砥砺奋进的五年·图片里的故事

作品信息

作品类型:三等奖·电视系列
刊播单位:广西电视台
报送单位:广西新闻工作者协会
主创人员:集体
作品时长:3 分 30 秒
首发日期:2017 年 10 月 17 日至 10 月 25 日

广西广播电视台
Guangxi Broadcasting System

作品简介

在报道采制过程中,记者编辑跋山涉水,深入医院、学校、大石山区、少数民族聚居区、边境地区和改革一线,探究照片背后的故事。每篇报道均由北京与广西两地的采访结合而成,时空转换精心设计,让新闻更具可看性。

获奖理由

该系列报道播出后,在社会上引发热烈反响,尤其是与展出图片或实物有关联地区的群众,通过收看新闻知道自己的家乡在国家重要展览上亮相,纷纷通过网络表达自豪感。

新媒体展示

使用手机扫描下方二维码,即可观看本条获奖作品的新媒体展示。

沙漠变良田

作品信息

作品类型：三等奖 · 电视访谈
刊播单位：内蒙古电视台
报送单位：中国广播电影电视社会组织联合会
主创人员：王邢刚、刘小飞、张维琴、马吉、宝乐
作品时长：30 分
刊播栏目：经济生活频道《百姓热线》
首发日期：2017 年 10 月 3 日

作品简介

节目播出后很多观众来电表示，通过节目知道了沙漠也能成为聚宝盆，了解了内蒙古这些年在生态改造方面付出的努力，为当地农业生产取得的成就感到骄傲。

新媒体展示

使用手机扫描下方二维码，即可观看本条获奖作品的新媒体展示。

获奖理由

本期节目将访谈现场搬到田间地头，让节目真实自然；现场演示对比让科技对生态、农业的作用一目了然；访谈内容朴实自然、层层递进，将内蒙古为了改善荒漠地区生态环境、带领群众共同致富的典型进行了客观展示。

中华好家风之
我把青春献给你——塞罕坝

作品信息

作品类型:三等奖·电视访谈
刊播单位:河北广播电视台
报送单位:中国广播电影电视社会组织联合会
主创人员:集体
作品时长:49分32秒
刊播栏目:卫视频道《中华好家风》
首发日期:2017年9月4日

河北广播电视台
www.hebtv.com

作品简介

本期访谈节目新闻性强,视角独特,通过三代林场人舍小家为大家、接力奋斗的感人故事,深入挖掘造林人内心深处的精神世界,体现了塞罕坝人的家国情怀、奉献精神与家风传承。

获奖理由

本期节目真实并富有感情地为观众展现了塞罕坝三代林场人的赤子情怀、优良家风。整期节目向上向善,制作精良,弘扬时代主旋律,传递社会正能量。

新媒体展示

使用手机扫描下方二维码,即可观看本条获奖作品的新媒体展示。

唐嘉陵：我与“蛟龙”号的十年

作品信息

作品类型：三等奖·电视访谈
刊播单位：青岛市广播电视台
报送单位：中国广播电影电视社会组织联合会
主创人员：王红梅、王文科、郭娟、王悦、陈喆、
郭萌萌、宋华丽、胡惟恺、陈昱晓
作品时长：34 分
刊播栏目：综合频道《今日会客厅》
首发日期：2017 年 11 月 30 日

作品简介

该节目独家对话“蛟龙”号的主驾驶员、十九大代表唐嘉陵，访谈嘉宾权威。节目时效性强，在唐嘉陵参加完十九大返回深海基地后，栏目组第一时间对他进行了采访。

新媒体展示

使用手机扫描下方二维码，即可观看本条获奖作品的新媒体展示。

获奖理由

该节目主题鲜明、制作精良、通俗易懂、可视性强。访谈节奏推进紧凑、脉络清晰、结构完整，呈现出的建设海洋强国的宏大背景具有深层次的社会内涵。

海水稻熟了

作品信息

作品类型:三等奖·电视直播
刊播单位:山东广播电视台
报送单位:中国广播电影电视社会组织联合会
主创人员:集体
作品时长:58 分 45 秒
刊播栏目:齐鲁频道《海水稻熟了》
首发日期:2017 年 9 月 28 日

作品简介

首批海水稻测产成功,标志着我国海水稻研发取得重大突破。习近平主席在 2018 年新年贺词中,为“海水稻进行测产”等科技创新和重大工程建设喝彩!

获奖理由

报道题材重大,意义深远。直播手段丰富,探索技术创新。各现场之间首次采用了多方实时交互视频直播技术,让直播更加顺畅;直播过程中还大量接入无人机航拍实时画面,使用平衡车等设备,为观众呈现了更新鲜、更有科技感的视觉体验。

新媒体展示

使用手机扫描下方二维码,即可观看本条获奖作品的新媒体展示。

国产大型客机 C919 首飞直播特别节目

作品信息

作品类型：三等奖 · 电视直播
刊播单位：中央电视台
报 送 人：吴杰
主创人员：集体
作品时长：129 分
刊播栏目：新闻频道《新闻直播间》
首发日期：2017 年 5 月 5 日

作品简介

央视直播创造多个世界第一：第一次通过伴飞飞机对首飞机进行空中直播；第一次对飞机驾驶舱进行直播；第一次对飞机首飞进行全程全媒体直播；第一次对飞机首飞进行全流程报道。

新媒体展示

使用手机扫描下方二维码，即可观看本条获奖作品的新媒体展示。

获奖理由

节目信号通过世界主流媒体的转载转播，让中国人的大飞机梦想成为世界性的话题。首飞中展示的对大飞机的自信和对梦想的执着，也成为对这一代中国人具有时代意义的符号。

8月29日《天天630》

作品信息

作品类型:三等奖·电视编排
刊播单位:重庆广播电视集团(总台)
报送单位:中国广播电影电视社会组织联合会
主创人员:刘美麟、潘毅、许康宁、张嘉、刘畅、陈越
作品时长:82分
刊播频道:重庆新闻频道
首发日期:2017年8月29日

作品简介

《天天630》是重庆本地一档民生新闻节目。节目内容主要是本土新闻事件,注重时效性和服务性。本期节目编排新闻性强,有重点、有热点、有看点,收视表现不俗,互动平台上观众反响热烈。

获奖理由

本期节目编排重点突出,时效性强,直播镜头丰富、独到、唯美,极具可看性。既全面报道了T3A航站楼带来的出行变化,也及时播发了本地其他热点新闻。

新媒体展示

使用手机扫描下方二维码,即可观看本条获奖作品的新媒体展示。

10 月 18 日《夜线 60 分》

作品信息

作品类型：三等奖 · 电视编排
刊播单位：安徽广播电视台
报送单位：中国广播电影电视社会组织联合会
主创人员：钱文武 、江少宾、陈小梅
作品时长：59 分 35 秒
刊播栏目：公共频道《夜线 60 分》
首发日期：2017 年 10 月 18 日

安徽广播电视台

作品简介

《夜线 60 分》栏目创办于 2007 年，是安徽广播电视台公共频道一档以本土民生新闻为主要内容的杂志型栏目。本期节目编排重点突出、内容丰富、张弛有度、节奏感强，为十九大的胜利召开营造了欢乐祥和的舆论氛围，体现了主流媒体的使命担当和社会责任。

新媒体展示

使用手机扫描下方二维码，即可观看本条获奖作品的新媒体展示。

获奖理由

整档节目编排思路清晰、重点突出、长短结合、张弛有度，有编排特色，彰显和传递了正能量，为十九大的胜利召开营造了祥和的舆论氛围。

中国新闻奖

网络类·特别奖

央视网零首页
十九大特别报道矩阵设计

作品信息

作品类型：特别奖·网页设计
刊播单位：央视网
报送单位：中央网信办网络新闻信息传播局
主创人员：刘瑶、吴楠
首发日期：2017年10月24日

作品简介

央视网零首页十九大特别报道矩阵通过形式创新、界面创新、交互创新、体验创新，为大会的深度式报道提供了强而有力的支撑与保障，是央视网“创新驱动发展”战略的切实践行。

获奖理由

本页面设计大气、内容丰富，通过文章、图片、视频等全方位多角度介绍、解读十九大有关内容。用户可以通过网页中的多个链接，了解十九大的议程，学习十九大会议精神。

新媒体展示

使用手机扫描下方二维码，即可观看本条获奖作品的新媒体展示。

中国新闻奖

网络类·一等奖

极恶！拿慰安妇头像做表情包，良心何在！

作品信息

作品类型：一等奖 • 网络评论
刊播网站：中青在线
报送单位：中央网信办网络新闻信息传播局
主创人员：杨鑫宇
编　　辑：冯雪梅
作品字数：1 331 字
页面点击量(PV)、单独访客数(UV)、独立地址访问量(IP)：6 342、6 149、6 102
首发日期：2017 年 8 月 22 日

中青在线
WWW.CYOL.COM

作品简介

8 月 22 日，在纪录片《二十二》在国内上映期间，《中国青年报》撰写了一篇文章，针对当天网络上将慰安妇头像做表情包的恶行进行批判，并剖析了这一问题背后的深层本质，在社会道德层面上对此事做出发人深省的评论。

获奖理由

文章观点立场鲜明，论证细致周密。在批判不良网络行为的同时，对社会道德问题提出深刻见解。体现了主流媒体沉稳扎实的正气和网络表达活泼轻盈的特质，并以正面积极的思考引领舆论，在网络空间起到“一锤定音”的作用。

新媒体展示

使用手机扫描下方二维码，即可观看本条获奖作品的新媒体展示。

绝壁上的“天路”

作品信息

作品类型:一等奖·网络专题
刊播网站:华龙网
报送单位:中央网信办网络新闻信息传播局
主创人员:集体
页面点击量(PV)、单独访客数(UV)、独立地址访问量(IP):1 800 万、1 000 万、832 万
首发日期:2017 年 11 月 1 日

作品简介

该系列报道通过专题形式,结合深度稿件、视频、VR 全景、手绘漫画等全媒体形式,深刻表现了下庄人修建“天路” 脱贫致富的坚定决心以及 20 年来党和政府对下庄人的关注和支持,为打赢精准脱贫攻坚战营造了良好的舆论氛围。

新媒体展示

使用手机扫描下方二维码,即可观看本条获奖作品的新媒体展示。

获奖理由

该系列报道通过涵盖文、图、音、像多种元素的多媒体立体表达,以全媒体形式展现了下庄人修建“天路”脱贫攻坚的过程。报道导向鲜明、案例典型、立意高远、采写扎实、影响广泛,发挥了网络主流媒体的价值发掘和引领作用。

初　心

作品信息

作品类型：一等奖 · 网络专题
刊播网站：央视新闻客户端
报送单位：中央网信办网络新闻信息传播局
主创人员：集体
页面点击量(PV)、单独访客数(UV)、独立地址访问量(IP)：12.36 亿、936 883、926 059
首发日期：2017 年 3 月 18 日

作品简介

央视新闻策划在 2017 年“两会”后制作了原创时政系列微视频《初心》，追溯了习近平总书记“初心”的形成脉络，梳理了习近平总书记从梁家河到正定再到宁德的从政理念与实践的历史渊源，成为全网“现象级”作品。

获奖理由

原创时政微视频《初心》系列创新立意、创新发布、创新发掘、创新表达，获得了大量网民自发的观看、转载、好评。十天内全网阅读量达到 12.36 亿，创下时政微视频的传播纪录。

新媒体展示

使用手机扫描下方二维码，即可观看本条获奖作品的新媒体展示。

权威专家解析
印军非法侵入我国领土的背后

作品信息

作品类型：一等奖 · 网络访谈
刊播网站：中国新闻网
报送单位：中央网信办网络新闻信息传播局
主创人员：刘羡、李雨昕、黄琴、王萌溪
页面点击量（PV）、单独访客数（UV）、独立地址访问量（IP）：28 214、3 164、3 480
首发日期：2017 年 8 月 4 日

中国新闻网 中新网
WWW.CHINANEWS.COM

作品简介

8 月 4 日，中新网邀请中国社会科学院亚太院南亚研究编辑部主任叶海林做直播专访，解析印军非法侵入我国领土背后的意图，深度阐明中印边界线历史上已明确划定的事实，并对中方的反制措施、双方关系发展趋势进行解读。

新媒体展示

使用手机扫描下方二维码，即可观看本条获奖作品的新媒体展示。

获奖理由

访谈紧扣印军非法侵入我国领土这一时事热点，通过权威专家直播访谈，及时回应关切，史料丰富，有观点更有深度，播出后引起境内外网友广泛关注、热议，是一件优秀的访谈作品。

不忘历史 矢志复兴
——南京大屠杀死难者国家公祭日

作品信息

作品类型：一等奖·网页设计
刊播网站：荔枝网
报送单位：中央网信办网络新闻信息传播局
主创人员：集体
页面点击量（PV）、单独访客数（UV）、独立地址访问量（IP）：2 200 万、1 150 万、1 136 万
首发日期：2017 年 12 月 10 日

作品简介

2017 年 12 月 10 日，南京大屠杀死难者第四个国家公祭日前夕，荔枝网推出全媒体互动专题，让用户亲手擦亮“哭墙”上遇难者姓名，独家集纳南京大屠杀幸存者影像，被专家和网友评价为公祭日“最走心互动”和“具有沉郁的力量”的专题作品。

获奖理由

该作品围绕南京大屠杀死难者国家公祭日推出全媒体互动专题，其页面设计和内容策划均具特色，以凝重的黑色为底色，大量运用了图文、视频、VR、直播等多媒体交互方式，烘托了“忆”和“祭”的主题，传播效果显著。

新媒体展示

使用手机扫描下方二维码，即可观看本条获奖作品的新媒体展示。

中国新闻奖

网络类·二等奖

于欢案直播，让公众在身临其境中感受到公平正义

作品信息

作品类型：二等奖·网络评论
刊播网站：大众网
报送单位：中央网信办网络新闻信息传播局
主创人员：朱德泉
编　　辑：臧海平
页面点击量（PV）、单独访客数（UV）、独立地址访问量（IP）：184 000、176 000、142 000
首发日期：2017年5月27日

作品简介

5月27日，大众网针对舆论高度关注的于欢案二审微博直播第一时间推出了该篇评论，有效回应社会关切，点赞依法治国和司法公开，探讨透明公开的庭审与依法独立审判、网络民意的合理表达与舆论传播规律之间的辩证关系。

获奖理由

文章通过对一次热点案件庭审直播的剖析，点明司法公开对推动依法治国的重要意义，并指出透明公开的庭审与依法独立审判、网络民意的合理表达与舆论传播规律之间的辩证关系，体现作者对复杂社会问题的洞悉力与思考力。

新媒体展示

使用手机扫描下方二维码，即可观看本条获奖作品的新媒体展示。

高考四十年，有努力就有远方

作品信息

作品类型：二等奖·网络专题
发布平台：人民日报客户端、人民日报中央厨房微博、全国党媒信息公共平台
报送单位：兰州大学
主创人员：集体
页面点击量(PV)：461.2 万
首发日期：2017 年 6 月 5 日

人民日报 PEOPLE'S DAILY

作品简介

为纪念恢复高考 40 周年，人民日报社推出《高考四十年，有努力就有远方》网络专题，通过原创短视频、海报、H5 小游戏、手绘长图等一系列作品，讲述高考恢复 40 年来的时代故事，昭示梦想与奋斗的力量。

新媒体展示

使用手机扫描下方二维码，即可观看本条获奖作品的新媒体展示。

获奖理由

该专题作品通过一体策划、多种生成、多元分发等环节形成一条清晰的全媒体链条。系列融媒体作品形式多样，体现了新闻性、艺术性和互动性的高度统一，为融媒体内容的生产分发、为传统纸媒的转型创新提供了出色的样本。

十八洞的 19 张笑脸

作品信息

作品类型:二等奖·网络专题
刊播网站:华声在线
报送单位:中央网信办网络新闻信息传播局
主创人员:颜斌、文凤雏、周红泉、黄炜信、李健、叶艳娜
页面点击量(PV)、单独访客数(UV)、独立地址访问量(IP):213 万、102 万、111 万
首发日期:2017 年 10 月 10 日

作品简介

2017 年党的十九大召开前夕,围绕展现十八洞村精准脱贫的成果,该专题作品用图文、音视频记录 19 位通过不同途径脱贫的村民最具代表意义的笑脸。该系列专题还包含了融合当地方言的动漫、音视频、H5 等形式的作品。

获奖理由

该专题作品以小见大,通过"笑脸"这一极具典型意义的意象反映十八洞村人民脱贫致富的喜悦以及对习总书记殷殷嘱托的回应。作品集照片、视频、文字和音乐于一体,每位采访对象朴素的言语和浓浓的乡音使该作品更加接地气。

新媒体展示

使用手机扫描下方二维码,即可观看本条获奖作品的新媒体展示。

十九大·理论新视野

作品信息

作品类型:二等奖·网络专题
刊播网站:求是网、人民论坛网、中国社会科学网、宣讲家网、紫光阁网、党建网、理论网、理论中国网、中华人民共和国国史网、马克思主义研究网、中国共产党历史网
报送单位:中央网信办网络新闻信息传播局
主创人员:集体
页面点击量(PV)、单独访客数(UV)、独立地址访问量(IP):2 亿、2 200 万、1 900 万
首发日期:2017 年 10 月 17 日

作品简介

党的十九大以来,由求是网策划搭建的"十九大·理论新视野"这一专题,内容丰富,注重原创,包含大量专家深度解读的原创文章,还有各类融媒体产品。整体风格庄重大方,发挥了思想引领、舆论推动的积极引导作用。

新媒体展示

使用手机扫描下方二维码,即可观看本条获奖作品的新媒体展示。

获奖理由

由求是网策划搭建的"十九大·理论新视野"专题,凸显权威专业特色优势,充分运用新媒体手段,合力构建网上思想理论传播新矩阵,使党的十九大精神的网上传播鲜活闪亮。专题整体形式和内容做到有机统一,传播效果良好。

B&R Initiative: A Great Innovation to Global Governance (一带一路:全球治理的伟大创新)

作品信息

作品类型:二等奖 · 网络访谈
刊播网站:中国日报网
报送单位:中央网信办网络新闻信息传播局
主创人员:邢旭东、张广腾、李秀鹏
页面点击量(PV)、单独访客数(UV)、独立地址访问量(IP):235 万、45 万、42 万
首发日期:2017 年 5 月 9 日

CHINADAILY 中国日报网 .COM.CN

作品简介

由中国日报网打造的《外交大家谈》(*He Talks*)系列英文访谈,邀请资深国际关系专家何亚非结合主场外交活动,以海外关注的热点问题切入,清晰地阐释了"一带一路"倡议、"金砖"对话合作模式等中国方案的深刻内涵。

获奖理由

该系列英文访谈的新闻性、重要性较为突出,以资深国际关系专家何亚非为主要嘉宾,分析评论国际涉华时政热点话题,集中阐释中国主场外交语境中外交策略背后的战略思考。五期作品内容丰富,观点立论较为鲜明,引人思索。

新媒体展示

使用手机扫描下方二维码,即可观看本条获奖作品的新媒体展示。

打开这幅手绘长卷，带你一起“川”越 5 年！

作品信息

作品类型：二等奖·网页设计
刊播网站：四川在线
报送单位：中央网信办网络新闻信息传播局
主创人员：集体
页面点击量(PV)、单独访客数(UV)、独立地址访问量(IP)：629 010、110 508、105 657
首发日期：2017 年 5 月 1 日

SCOL.COM.CN 四川在线
中国四川第一门户网站

作品简介

四川省第十一次党代会召开前夕，四川日报官方微博、微信公众号联合四川在线，推出该 H5 作品，以手绘长卷的方式立体呈现芦山地震灾区三年重建、四川自贸试验区挂牌等 15 个场景，展现四川过去五年在政经民生领域的大事件。

新媒体展示

使用手机扫描下方二维码，即可观看本条获奖作品的新媒体展示。

获奖理由

该作品页面设计感强，富有创新性，重视交互性，有较强的网络特色。作品名称利用“川”与“穿”谐音巧妙设计，借助水墨风格的画卷呈现四川五年来的发展，同时重视场景化搭建，有较强的交互性，便于用户理解接受。

中国新闻奖

网络类 · 三等奖

评论："先进"盆景化凸显政绩观被扭曲

作品信息

作品类型：三等奖 · 网络评论
刊播网站：北部湾在线
报送单位：中央网信办网络新闻信息传播局
主创人员：张垒、梁泰
编　　辑：孟宪静
页面点击量(PV)、单独访客数(UV)、独立地址访问量(IP)：1 050、763、302
首发日期：2017 年 11 月 15 日

作品简介

评论围绕宣传十九大精神和地方党委持续反"四风"问题，对有的地方推进全面从严治党工作中存在"后进"边缘化、"先进"盆景化的行为予以揭示和批评。作者通过认真思考和分析，针砭时弊；评论结构严谨，语言活泼，说理透彻。

获奖理由

作者敏锐把握全面从严治党的方向，提出有针对性的观点和做法，具有较好的现实意义。该评论结构严谨，说理透彻，有助于人们加深对全面从严治党的领会，体现了评论的指导性。

新媒体展示

使用手机扫描下方二维码，即可观看本条获奖作品的新媒体展示。

“一口水也没喝上”的扶贫问题出在哪儿？

作品信息

作品类型：三等奖 · 网络评论
刊播网站：伊犁新闻网
报送单位：中央网信办网络新闻信息传播局
主创人员：刘冰
编　　辑：邹文辉
字　　数：1 747
页面点击量(PV)、单独访客数(UV)、独立地址访问量(IP)：12 395、9 235、8 361
首发日期：2017 年 12 月 27 日

伊犁新闻网
www.ylxw.com.cn

作品简介

该文章刊发正值全疆开展“民族团结结亲周”活动，作者由“一些干部喝不上扶贫对子家的一口水”引发思考，指出当下扶贫工作中一些干部作风不实的问题，点明干部在开展工作中要动真情、用真心、真扶贫、扶真贫。

新媒体展示

使用手机扫描下方二维码，即可观看本条获奖作品的新媒体展示。

获奖理由

文章聚焦当下扶贫工作背后的问题，切入点巧妙，有及时性也有针对性，具有强烈的问题意识，对扶贫中的形式主义进行了深入分析，一针见血地指出问题，起到了很好的舆论引导作用。

台湾网评：用“创”的力量找回“茫”的迷失

作品信息

作品类型：三等奖·网络评论
刊播网站：中国台湾网
报送单位：中央网信办网络新闻信息传播局
主创人员：赵静
编　　辑：赵静
字　　数：1 149
页面点击量(PV)、单独访客数(UV)、独立地址访问量(IP)：544、461、453
首发日期：2017 年 12 月 20 日

作品简介

2017 年末，围绕两岸先后揭晓的年度汉字“茫”和“创”，文章将 2017 年台湾人民因台当局施政无能而迷茫之感与大陆一派创业创新奔向中国梦的积极场景进行对比，阐明要正确理解十九大对于整个国家及每个个体的重要意义。

获奖理由

文章紧扣新闻热点，对 2017 年的两岸关系进行回顾与点评，有理有据，立意高远。文章以历史的眼光透视两岸关系走向，对引导两岸网友凝聚共识、正确理解党的十九大对于国家民族的重大意义有强烈的感召力。

新媒体展示

使用手机扫描下方二维码，即可观看本条获奖作品的新媒体展示。

人民的名义

作品信息

作品类型：三等奖 · 网络专题
刊播网站：四川新闻网
报送单位：中央网信办网络新闻信息传播局
主创人员：邱令璐、陈浩、王晓勇、吴鉴桥、代红、陈玲
页面点击量（PV）、单独访客数（UV）、独立地址访问量（IP）：103 万、75 万、68 万
首发日期：2017 年 5 月 15 日

作品简介

四川新闻网通过创作该系列连环画，以脱贫攻坚、好人好事、实干巧法、绿色发展、爱岗敬业、基层党组织创作 6 个主题、共 18 期故事展现新时期在党的领导下四川各领域建设发展取得的辉煌成就。

新媒体展示

使用手机扫描下方二维码，即可观看本条获奖作品的新媒体展示。

获奖理由

作品以基层党员、党组织的典型故事为素材，通过更具感染力的连环画形式，以及章回体小说式的标题呈现文章主题、内容等，形式新颖有趣，内容浅显易读，充分展现了基层党员、党组织的风采，是极具正能量的作品。

喜讯捎给总书记

——回访习近平看望慰问过的家庭

作品信息

作品类型：三等奖 · 网络专题
刊播网站：中国女网
报送单位：中央网信办网络新闻信息传播局
主创人员：集体
页面点击量（PV）、单独访客数（UV）、独立地址访问量（IP）：2 000 万、900 万、750 万
首发日期：2017 年 8 月 21 日

作品简介

在十九大召开前夕，中国女网推出 19 期专题报道，讲述习近平看望慰问过的家庭“砥砺奋进的五年”，展现各地齐心脱贫攻坚奔小康的家庭故事。报道讲述了总书记“走亲戚”的故事，展现了习近平总书记的家国情怀、人民情愫。

获奖理由

专题主题鲜明，19 期《喜讯捎给总书记》系列报道，体现了中国女网的媒体特色和优秀的策划水平及创新意识。多路编采团队走基层、改文风，语言较为平实；综合运用全媒体表达、立体化传播形式，有较强的感染力和传播力。

新媒体展示

使用手机扫描下方二维码，即可观看本条获奖作品的新媒体展示。

开放的中国：美丽江西秀天下

作品信息

作品类型：三等奖 · 网络专题
刊播网站：中国江西网
报送单位：中央网信办网络新闻信息传播局
主创人员：集体
页面点击量(PV)、单独访客数(UV)、独立地址访问量(IP)：820 万、780 万、585 万
首发日期：2017 年 8 月 24 日

作品简介

专题采用数据报道、图文并茂等直观表现手法，向网友展示了江西的发展变化、未来前景、美景美食等，打造美丽中国江西样板，将秀美江西、人文江西、科技江西、景观江西推向全球，让世界关注江西，认识江西。

新媒体展示

使用手机扫描下方二维码，即可观看本条获奖作品的新媒体展示。

获奖理由

专题栏目设置详尽，各个版块融会贯通，通过图文及视频、H5 并用等形式，紧扣主题，全方位展现外交部省区市全球推介活动盛况和江西各方面发展面貌。内容翔实、形式新颖、鲜活生动、信息量大，堪称优秀专题。

系列创意微视频《我们的自信》

作品信息

作品类型：三等奖·网络专题
刊播网站：新华网
报送单位：兰州大学
主创人员：集体
页面点击量(PV)、单独访客数(UV)、独立地址访问量(IP)：2.6亿、8 666万、3 150万
首发日期：2017年10月12日

作品简介

为迎接党的十九大召开，新华社精心打造4集系列创意微视频，形象地阐释了习近平总书记“四个自信”重要思想。作品运用一镜到底的主观视角以及折纸动画、中国风手绘动画等新颖手法，生动地表现宏大抽象的理论主题。

获奖理由

专题以媒介融合的创新方式，形象阐释了习近平总书记“四个自信”的重要思想，为迎接党的十九大召开营造热烈舆论氛围作出了重要贡献。该专题作品大气磅礴、制作精美、历史感强，是一篇兼具内容与形式创新的媒介融合佳作。

新媒体展示

使用手机扫描下方二维码，即可观看本条获奖作品的新媒体展示。

Xi's Moments (学习时代)

作品信息

作品类型：三等奖 · 网络专题
刊播网站：中国日报网
报送单位：中央网信办网络新闻信息传播局
主创人员：集体
页面点击量(PV)、单独访客数(UV)、独立地址访问量(IP)：600 万、255 万、232 万
首发日期：2017 年 3 月 8 日

作品简介

专题致力于向海外网民用户宣传解读习总书记治国理政新理念新思想新战略。网站建立常态化策划机制，围绕习总书记的系列重要讲话和国内外活动，策划形式多样的报道，持续推出原创权威解读。

新媒体展示

使用手机扫描下方二维码，即可观看本条获奖作品的新媒体展示。

获奖理由

该专题是中国日报网对外宣传报道习总书记内政外交方略、塑造大国领袖形象的主要网上平台，是全球最早的专业、专职报道习总书记思想、活动的英文专题，体现了中国日报网国际传播优势。

56 个民族儿女寄语十九大

作品信息

作品类型:三等奖 · 网络专题
刊播网站:人民电视
报送单位:厦门大学
主创人员:集体
页面点击量(PV)、单独访客数(UV)、独立地址访问量(IP):2.5 亿、8 000 万、6 500 万
首发日期:2017 年 10 月 12 日

作品简介

本系列微视频共 57 集,除 1 集宣传片外,其他 56 集正片每集聚焦一位民族代表,通过讲述他们的故事,表达各民族儿女对以习近平同志为核心的党中央的衷心拥护和爱戴,展示各民族和睦相处、和衷共济、和谐发展的喜人局面。

获奖理由

该系列微视频入选“2017 年中国少数民族十大新闻”,被誉为“喜迎党的十九大民族团结宣传的重磅之作”。在“2017 年度全国民族题材好新闻推荐活动”中,该系列微视频荣获“2017 年度民族题材优秀专题专栏”奖、“民族题材好新闻”特别奖。

新媒体展示

使用手机扫描下方二维码,即可观看本条获奖作品的新媒体展示。

下一位改变世界的中国人，或许就在这里！

作品信息

作品类型：三等奖 · 网络访谈
发布平台：经济日报新闻客户端
报送单位：中央网信办网络新闻信息传播局
主创人员：集体
页面点击量(PV)、单独访客数(UV)、独立地址访问量(IP)：50 万、30 万、28 万
首发日期：2017 年 10 月 12 日

经济日報

作品简介

该报道是《经济日报》“中经创业榜”系列访谈报道的重要原创新媒体作品，通过精选 22 位创业者及其创业故事、创业感言等，运用图文等形式进行深度加工和系统呈现，取得了很好的融合报道效果。

新媒体展示

使用手机扫描下方二维码，即可观看本条获奖作品的新媒体展示。

获奖理由

该报道精选 22 位创业者访谈故事，用创新的手法呈现他们的故事。报道以创业者言为开头，再以简洁精练的文字展现他们的创业故事，同时配上创业者接受采访的小视频，让读者从多角度快速了解每一位创业者。

十九大代表、“80后”乡村医生贺星龙：17年守护28村百姓报恩情

作品信息

作品类型：三等奖·网络访谈
刊播网站：新华网
报送单位：中央网信办网络新闻信息传播局
主创人员：集体
页面点击量（PV）、单独访客数（UV）、独立地址访问量（IP）：603 284、598 456、527 421
首发日期：2017年10月17日

作品简介

该系列微访谈共5期，专访了矿工王羊娃、基层教师龚德凌、基层“兵王”涂颜淼、乡村医生贺星龙等基层党代表，展现了记者“扎根”基层、传播正能量的优秀成果，获评2017年山西省网信办第四季度优秀作品一等奖。

获奖理由

该系列微访谈是新华网为迎接党的十九大胜利召开而推出的重大主题宣传网络传播产品，由基层党代表的履职故事讲述大道理，情真意切，有温度、有思想、有品质，充分发挥了正面宣传鼓舞人、激励人的作用。

新媒体展示

使用手机扫描下方二维码，即可观看本条获奖作品的新媒体展示。

十九大代表说|王民：要把自己放在既重要又平常的位置

作品信息

作品类型：三等奖 · 网络访谈
刊播网站：央广网
报送单位：中央网信办网络新闻信息传播局
主创人员：高艺宁、李雪南、韩靖、潘剑、陈兆国、范斯腾
页面点击量(PV)、单独访客数(UV)、独立地址访问量(IP)：61 643、47 329、29 131
首发日期：2017 年 9 月 21 日

作品简介

该系列专题发布十九大相关报道，通过深度访谈形式，记录了新一届代表们的精神风貌及其未来五年的履职展望。专题中采访了近百位十九大代表，既展现了十九大代表良好的精神风貌，又呈现了代表们认真履职的风采。

新媒体展示

使用手机扫描下方二维码，即可观看本条获奖作品的新媒体展示。

获奖理由

访谈紧扣十九大主题主线，高度契合十九大精神；多平台、多角度，利用无人机等全媒体创新报道手段，充分发挥全媒体报道优势，积极引导舆论；台、网、微、端、海外社交媒体矩阵式传播，将中国十九大代表的声音传播更远。

大国赤子 深潜人生
——中国核潜艇之父黄旭华

作品信息

作品类型:三等奖·网页设计
刊播网站:湖北网络广播电视台("长江云")
报送单位:中央网信办网络新闻信息传播局
主创人员:集体
页面点击量(PV)、单独访客数(UV)、独立地址访问量(IP):2 764 722、2 071 335、1 637 298
首发日期:2017 年 11 月 18 日

作品简介

该作品通过设置"潜踪报国""潜行足迹""潜心永恒""潜德笃志"等栏目,运用互联网技术,以丰富的融媒体形态,全方位展现了我国第一代核潜艇总设计师黄旭华为实现强国梦而默默奉献的传奇人生。

获奖理由

该专题采用了多种技术融合,通过HTML5 CSS3技术全方位展示黄旭华的传奇人生,弘扬了中国精神、中国价值、中国力量。专题在湖北网络广播电视台首页推出后点赞量过百万人,专题整体页面访问量超 236 万人次,获得了良好的传播效果。

新媒体展示

使用手机扫描下方二维码,即可观看本条获奖作品的新媒体展示。

“新时代 新征程 新篇章”新华网十九大大型融媒体专题

作品信息

作品类型：三等奖 · 网页设计
刊播网站：新华网
报送单位：中央网信办网络新闻信息传播局
主创人员：集体
页面点击量(PV)、单独访客数(UV)、独立地址访问量(IP)：1.5 亿、1.1 亿、9 700 万
首发日期：2017 年 10 月 17 日

作品简介

专题作为献礼党的十九大胜利召开的重要产品，承载中文文字稿件 925 条、图片 638 张、视频 426 条。专题宏伟大气、格调庄重，采用多项网页设计前沿技术，打造出一个中央主流媒体关于党的十九大报道的信息聚合展示的重要阵地。

新媒体展示

使用手机扫描下方二维码，即可观看本条获奖作品的新媒体展示。

获奖理由

专题紧扣新时代主题，凸显核心意识，在全新的设计理念指引下，突破了以往设计风格。专题获得网民一致好评，在十九大期间访问量高达 1.5 亿人次，成为向全球网民实时传播中国声音、讲述中国故事的重要平台。

中国新闻奖

综合类・特别奖

两会进行时

作品信息

作品类型:特别奖·融媒直播
发布平台:人民网法人微博
报送单位:《人民日报》
主创人员:集体
作品总时长:5 时 8 分
首发日期:2017 年 3 月 15 日

作品简介

直播节目中,有部长通道、人大闭幕式、总理记者等“核心现场”的同步呈现,还有前方记者的一线报道、后方演播室的高端访谈、会场花絮及创意微视频。节目制作团队还在极短的时间里,搭建了一站式移动直播解决方案。

获奖理由

《两会进行时》是 2017 年人民网视频优先、直播优先、移动优先的重要体现,是报网融合的一次生动实践,直播时长、观看人数等达到了新闻网站同类产品的顶峰。

新媒体展示

使用手机扫描下方二维码,即可观看本条获奖作品的新媒体展示。

中国新闻奖

综合类·一等奖

习近平等领导同志亲切会见出席党的十九大代表、特邀代表和列席人员

作品信息

作品类型：一等奖·新闻摄影
刊播单位：新华社
报送单位：中国新闻摄影学会
主创人员：兰红光
编　　辑：赖向东
首发日期：2017年10月25日

作品简介

2017年10月25日下午，中共中央总书记、国家主席、中央军委主席习近平在北京人民大会堂亲切会见出席党的十九大代表、特邀代表和列席人员。作品突出显示了总书记在党中央、在全党的核心地位。

获奖理由

照片整体氛围端庄大气，传神地展现了习近平总书记作为人民领袖的风范和神采。照片在新华社通稿播发后，迅速占据各类传播终端、平台，极大鼓舞了全党全军全国各族人民迈向新征程的豪情壮志，取得了非常好的传播效果。

新媒体展示

使用手机扫描下方二维码，即可观看本条获奖作品的新媒体展示。

孔夫子讲学

作品信息

作品类型:一等奖・新闻漫画
刊播单位:《工人日报》
报送单位:中国新闻漫画研究会
主创人员:王春生
编　　辑:赵春青
刊播版面:漫画 4
首发日期:2017 年 11 月 18 日

作品简介

学生该不该用手机?如何使用手机?我们的孔夫子忍无可忍,上课之前只能先收手机。作品乍看令人忍俊不禁,甚至让人觉得荒诞,然而作品反映和揭示的问题足以引发读者对事件的重新审视和思考。

新媒体展示

使用手机扫描下方二维码,即可观看本条获奖作品的新媒体展示。

获奖理由

漫画作者在把握题材时,将漫画的两大主要功能——讽刺与幽默同时体现,即将艺术性与思想性同时载入作品。

理性对待西方涉华舆论

作品信息

作品类型：一等奖 · 新闻论文
刊播单位：《军事记者》
报送单位：军委政治工作部宣传局
主创人员：朱龚星、朱金平
编　　辑：张锋
作品字数：3 451 字
刊播版面：舆论战 30—31
首发日期：2017 年 10 月 1 日

军事记者

作品简介

西方媒体高度关注中国，但涉华舆论泥沙俱下，舆情复杂。中国作为一个大国应该理性对待国际舆论，避免落入某种国际舆论的圈套，这有利于国家妥善处理各种敏感的内政外交问题，保持良好的国际舆论生态。

获奖理由

这篇论文具有很强的针对性和实用性，且逻辑严密、语言精练、行文流畅，难能可贵。

新媒体展示

使用手机扫描下方二维码，即可观看本条获奖作品的新媒体展示。

构建话语共同体
提升舆论引导力

作品信息

作品类型：一等奖·新闻论文
刊播单位：《新闻战线》
报送单位：江苏省新闻工作者协会
主创人员：双传学
作品字数：5 865 字
刊播版面：高峰论坛 7—10
首发日期：2017 年 10 月 1 日

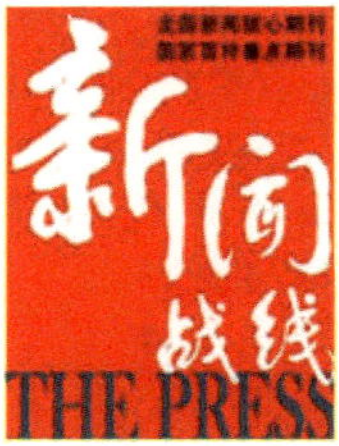

作品简介

如何有效引导舆论、凝聚共识，已成为党的新闻舆论工作的一项重要课题。文章从多方面指出，只有以高度开放的理念来提升舆论引导力、以深度融合的思维来铸就舆论传播力，才能真正构建起传之既广、达之亦深的话语共同体。

新媒体展示

使用手机扫描下方二维码，即可观看本条获奖作品的新媒体展示。

获奖理由

本文政治站位高、观点新颖、论述严谨、脉络清晰，对业界人士进一步有效引导舆论、提高舆论传播力有很强的实践指导意义。

谁抢走了美国人的饭碗

作品信息

作品类型：一等奖·国际传播（评论）
刊播单位：《光明日报》
报送单位：《光明日报》
主创人员：韩显阳
编　　辑：赵和平、曹元龙
作品字数：1 530 字
刊播版面：国际新闻 8
首发日期：2017 年 1 月 7 日

作品简介

作者在美国总统特朗普就任前，聚焦其竞选期间提出的一系列贸易保护主义承诺，并以美国国内的反应对其提出批判，指出贸易保护举措损人而不利己。

获奖理由

面对贸易保护主义在美国的抬头，本文以国家利益为出发点，以国际公义为依托，从就业、贸易、政治等各个角度对美国方面的强词夺理予以有理有力的批驳，澄清了谬误，彰显了公理，发出了清晰有力的中国声音。

新媒体展示

使用手机扫描下方二维码，即可观看本条获奖作品的新媒体展示。

US Navy Becoming a Hazard in Asian Waters
(美国海军威胁亚洲航行安全)

作品信息

作品类型:一等奖·国际传播(评论)
刊播单位:《中国日报》
报送单位:《中国日报》
主创人员:黄向阳
编　　辑:李洋
作品字数:438 字
刊播版面:评论 8
首发日期:2017 年 8 月 22 日

作品简介

该文观点鲜明、论述有力、刊发及时,充分揭露了美军打着“航行自由”的幌子,却损害沿海国家主权和安全利益的虚伪性,阐明了中国维护南海和平与稳定、坚决捍卫国家领土主权和海洋权益行为的合法性和正义性。

新媒体展示

使用手机扫描下方二维码,即可观看本条获奖作品的新媒体展示。

获奖理由

社论刊播及时,批驳了美军以“航行自由”为借口在南海寻衅滋事,严重破坏地区和平稳定的做法,表达了中国政府和人民维护南海和平与稳定、坚决捍卫国家领土主权和海洋权益的坚定立场,发挥了影响国际舆论的重要作用。

习近平：新时代的领路人

作品信息

作品类型：一等奖·国际传播（通讯）
刊播单位：《中国日报》
报送单位：《中国日报》
主创人员：集体
编　　辑：蔡名照、何平
刊播版面：新华社新媒体线路
首发日期：2017 年 11 月 16 日

作品简介

该稿生动全面地展现出习近平总书记是全党拥护、人民爱戴、当之无愧的党的领袖，起到了凝心聚力、振奋人心的作用。特稿大量引用西方人士和媒体的言论与观点，使人物形象更有国际化与多维度的立体感，展现出一个“世界的习近平”。

获奖理由

该人物特稿既概括，又具体；既讲中国，又讲世界；既讲总路线，又有具体方案，立意新、思想深、表达活，生动塑造出总书记富有远见、睿智开明、自信果断、和蔼可亲的领袖形象，在海内外产生重要反响。

新媒体展示

使用手机扫描下方二维码，即可观看本条获奖作品的新媒体展示。

“十九大十九问”系列报道

作品信息

作品类型:一等奖·国际传播(系列报道)
刊播单位:中国新闻社
报送单位:部委专业报初评委员会
主创人员:集体
作品字数:1 061 字、1 160 字、1 197 字
首发日期:2017 年 9 月 30 日至 10 月 25 日

中国新闻社
CHINA NEWS SERVICE

作品简介

该系列报道以“问”为题,从十九大相关新闻切入,系统介绍党的知识,真实、立体、全面对外展现中国共产党的形象,兼具独创性和现象性,对寻求新时代“外宣”与“外需”的契合点进行了探索与创新。

新媒体展示

使用手机扫描下方二维码,即可观看本条获奖作品的新媒体展示。

获奖理由

该系列报道从三十多个话题中梳理了十九个热门话题,十九个问题的“十九”和十九大的“十九”相互呼应。文章采用问答形式,对海外关心的“中共十九大”热门话题进行解疑释惑,是众多报道中不可多得的一篇佳作。

《中国面临的挑战3》特别节目

作品信息

作品类型：一等奖·国际传播(纪录片)
刊播单位：上海广播电视台、美国 PBS 公共电视台、澳大利亚 ABC 电视台
报送单位：上海市新闻工作者协会
主创人员：集体
作品时长：56 分 3 秒
首发日期：2017 年 9 月 28 日

作品简介

该片由国际著名中国问题专家罗伯特·劳伦斯·库恩担任主持，以“创新、协调、绿色、开放、共享”五大发展理念结构全篇。话题触及当下中国的社会热点，向国际社会展示了一个真实和发展的中国。

获奖理由

该片精准把握核心命题，故事题材很接地气，讲述了中国政府和社会各界在实现“两个一百年”奋斗目标，从而实现中华民族伟大复兴的过程中所做出的积极努力，向世界展示了中国发展的新思路、新方向和着力点。

新媒体展示

使用手机扫描下方二维码，即可观看本条获奖作品的新媒体展示。

《你所不知道的中国》（第三季）

作品信息

作品类型：一等奖·国际传播（系列报道）
刊播单位：江苏省广播电视总台
报送单位：江苏省新闻工作者协会
主创人员：集体
作品时长：23 分 32 秒
首发日期：2017 年 6 月 3 日至 7 月 8 日

江苏省广播电视总台(集团)
JiangSu Broadcasting Corporation

作品简介

该作品是历时一年打造完成的 6 集大型纪录片，中外联合摄制组踏遍中国近 20 个省及直辖市，从科技、文化、旅游、环保、野生动物保护、扶贫攻坚等不同方面，以国际视角展示中国形象。

新媒体展示

使用手机扫描下方二维码，即可观看本条获奖作品的新媒体展示。

获奖理由

该片是江苏省广播电视总台与海外摄制团队首次全方位深度合作，以国际化表达的创新主题报道，实现江苏省广播电视总台与 BBC 同步同版播出，被业界专家称为对外宣传创新与突破的“江苏模式”，是业界讲好中国故事、传播中国好声音的代表。

陇上评论

作品信息

作品类型:一等奖·综合类
刊播单位:《甘肃日报》
报送单位:中国报纸副刊研究会
主创人员:万吉彦、彭雯、吴梦寒、张洞若、梁发芾、张国华
刊播版面:评论版
创办日期:2013年6月5日

作品简介

该专栏立足甘肃,以阐释中央和省委重大决策部署、评析社会重大新闻事件的价值与意义、回应群众关切的热点难点问题等为主要内容,刊发高品质、高水准、有深度的评论文章。

获奖理由

该专栏扎根甘肃省情,讲陇上道理,发甘肃之声;辨析热点难点问题,回应群众关切,做好省情民意“上达”;以宽阔的视野、深刻的阐释、朴实的文风,做好党中央路线方针政策的“下达”,充分体现新闻舆论工作的责任与担当。

新媒体展示

使用手机扫描下方二维码,即可观看本条获奖作品的新媒体展示。

星期五调查

作品信息

作品类型：一等奖 · 综合类
刊播单位：《姑苏晚报》
报送单位：中国报纸副刊研究会
主创人员：集体
刊播版面：A03－A05
创办日期：2007 年 8 月 17 日

姑蘇晚報

作品简介

该新闻专栏定位于“聚焦百姓关心、关注的身边事、烦恼事”，以“有思想、有温度、有品质”作为检验作品的重要标准；冷静观察、理性思考，通过调查报道的形式层层剖析社会热点问题，发现问题、解决问题。

新媒体展示

使用手机扫描下方二维码，即可观看本条获奖作品的新媒体展示。

获奖理由

栏目中的每一篇报道，都直击社会焦点、热点问题，在提出问题、分析问题的同时，提出建设性的解决思路，彰显了地方媒体的舆论监督作用和大众媒体的社会责任。

Second Thoughts
(转念之间)

作品信息

作品类型:一等奖·综合类
刊播单位:《中国日报》
报送单位:中国报纸副刊研究会
主创人员:王浩、孙尚武、陈智明、王茜
刊播版面:2 版
创办日期:2015 年 1 月 5 日

作品简介

外籍作者们以新颖的角度解读和剖析新闻话题和社会现象,所讲所写贴近中国国情和读者受众,切实践行了习近平总书记在党的新闻舆论工作座谈会上的重要讲话精神,起到了立场鲜明、效果明显的舆论引导作用。

获奖理由

该专栏邀请二十余位外籍专栏作家为专栏供稿,借用外嘴外力提升报道实效。栏目立足于外国人的视角阐释中国问题、介绍中国文化,帮助海外读者了解中国风俗民情和价值观,是符合读者需求、凸显中国视角和立场的专栏。

新媒体展示

使用手机扫描下方二维码,即可观看本条获奖作品的新媒体展示。

政策解读

作品信息

作品类型：一等奖·综合类
刊播单位：《人民日报》
报送单位：中国报纸副刊研究会
主创人员：王军、吴燕、蒋雪婕、吕莉、黄超
刊播版面：要闻 2 版
创办日期：2004 年 5 月 14 日

人民日报

作品简介

该专栏重视调查研究、坚持群众路线，其中很多报道反映了政策落实中的难点痛点、民情民意，推动了国家相关部门出台或修改政策，切实提高了党中央机关报新闻舆论的传播力、引导力、影响力、公信力。

新媒体展示

使用手机扫描下方二维码，即可观看本条获奖作品的新媒体展示。

获奖理由

该专栏定位为权威发声、通俗表达。准确翔实阐释中央方针政策，平实易懂解读涉及国计民生的法规措施，认真回答群众关注热点问题。注重及时性、权威性、贴近性和可读性，同时追求创新，在媒体融合方面做了很多探索。

照亮新闻深处

作品信息

作品类型：一等奖·综合类
刊播单位：北京人民广播电台
报送单位：中国广播电影电视社会组织联合会
主创人员：段玉龙、张艳
播出频道：FM100.6、AM828
创办日期：2013年1月1日

作品简介

该栏目是新闻类科普谈话栏目，从热点新闻引出话题，邀请相关领域科学家或科普专家参与直播访谈，为听众解读新闻事件背后的科学知识，在传播新闻事件的同时也传递正确的科学知识及科学精神。

获奖理由

该栏目创新实践了“新闻—科学”的广播栏目新样态，传播热点新闻与传递科学精神齐头并进，探索出了广播栏目创新的新方向，为服务建设创新型国家、建设北京科技创新中心作出了应有的贡献。

新媒体展示

使用手机扫描下方二维码，即可观看本条获奖作品的新媒体展示。

晚高峰观军情

作品信息

作品类型：一等奖·综合类
刊播单位：中央人民广播电台
报送单位：中国广播电影电视社会组织联合会
主创人员：集体
播出频道：中国之声
创办日期：2009 年 12 月 26 日

CNR
中央人民广播电台

作品简介

该栏目每天 18:20—18:25 在中国之声播出，央广新媒体各平台同步呈现。栏目开办 9 年来，始终坚定围绕中心、服务大局，密切结合时事、正确引导舆论，鲜明突出军事视角、专业定位，坚持高端访谈、权威解读，深受广大听众喜爱。

新媒体展示

使用手机扫描下方二维码，即可观看本条获奖作品的新媒体展示。

获奖理由

该栏目坚持正确的新闻舆论导向，对国际国内的热点军事新闻及时点评分析，视点高端，视角独特，语言犀利，带领听众深入了解国际国内军事大事，现已成为阐述中国国防与外交政事的阵地、宣传我军军事变革成就的窗口。

圆桌议事

作品信息

作品类型：一等奖·综合类
刊播单位：中国国际广播电台
报送单位：中国广播电影电视社会组织联合会
主创人员：集体
播出频道：AM846
创办日期：2012 年 3 月 20 日

作品简介

该栏目在直播中针对中国当下热门的社会、财经、文娱类话题，由中方主持人和一中一外两位嘉宾从各自视角出发，用地道的英文提供逻辑严谨、视角多元、深入浅出的解读和分析，向海外受众介绍中国的民生政策和社会风貌。

获奖理由

该栏目紧跟社会热点，话题的解读、分析视角多元且独特，在观点的碰撞中实现了中国故事真实、生动、全面的讲述。既保留了广播的伴随性优势，又通过新媒体平台走近了更广泛的受众，有内容有深度，兼具可听性和知识性。

新媒体展示

使用手机扫描下方二维码，即可观看本条获奖作品的新媒体展示。

今日评说

作品信息

作品类型：一等奖・综合类
刊播单位：浙江卫视
报送单位：中国广播电影电视社会组织联合会
主创人员：集体
创办日期：2015 年 9 月 7 日

作品简介

该栏目按照“围绕中心、引领舆情、主流阵地、权威发声”原则，实现“让重大决策部署家喻户晓、让群众关注话题得到及时回应、让纷繁复杂的社会舆情得到有效引导”的目标，用理性和力量为改革发展注入正能量。

新媒体展示

使用手机扫描下方二维码，即可观看本条获奖作品的新媒体展示。

获奖理由

该栏目在新闻评论的精度、深度和锐度上均已形成鲜明的风格特色。选题上，聚焦大事要事，理性解读，传递正能量；内容上，突出问题导向和效果导向，评论精准；形式上，注重电视直观特性和理论深度解析相融合。

国家相册

作品信息

作品类型：一等奖·综合类
刊播网站：新华网
报送单位：中央网信办网络新闻信息传播局
主创人员：集体
创办日期：2016 年 9 月 2 日

作品简介

该栏目依托中国照片档案馆馆藏，以“历史影像讲述 视觉特效”的创新形式，聚焦中国近代历史重大事件和精彩瞬间，讲述中国百年历史和时代变迁，开业界先河，形成品牌效应，凭借独家内容和独特气质成为现象级专栏。

获奖理由

该栏目运用最新的 3D 特效技术，突破传统影像表达方式，呈现出“让历史人物来到现实，让现实中人走进历史”的视听效果，为互联网时代用活传统影像资料开辟了新境界，鲜活生动地向新时代受众传递了主流价值观。

新媒体展示

使用手机扫描下方二维码，即可观看本条获奖作品的新媒体展示。

百姓故事

作品信息

作品类型：一等奖·综合类
刊播网站：华龙网
报送单位：重庆大学
主创人员：集体
创办日期：2014 年 8 月 19 日

作品简介

该栏目推出的不少人物在全国引起较大反响，纷纷获评“时代楷模”等称号。2017 年，该栏目获评中国城市新闻网站品牌栏目精品奖；同年入选国家网信办主编的《讲好中国故事：网络传播案例集》。

新媒体展示

使用手机扫描下方二维码，即可观看本条获奖作品的新媒体展示。

获奖理由

该栏目坚持正确的舆论导向，打造有思想、有温度、有品质的作品。栏目结合地方实际，聚焦小人物，挖掘普通人的闪光点，用真实具体的事例、有血有肉的人物和引人入胜的情节，践行“讲好中国故事”的媒体责任和使命。

柳州融水突围记｜广西日报记者“失联”数十小时，在穿越40处塌方后发回灾区最新画面！

作品信息

作品类型：一等奖·综合类
发布平台：广西日报微信公众号、广西日报客户端（现更名为“广西云”客户端）
报送单位：中国记协新媒体专业委员会
主创人员：集体
作品网址：https://mp.weixin.qq.com/s/5SOEG-Ammhy2M1o_kdkDiQ
首发日期：2017年8月14日

廣西日報
GUANGXI DAILY

作品简介

2017年8月，广西北部迎来局部强降雨，记者第一时间赶赴灾区一线，在风雨中用手机记录下了当地乡镇干部组织营救、自救的珍贵视频画面，不惜冒生命危险穿越40处塌方，经历两次突围送出新闻视频，第一时间报道了灾区情况。

获奖理由

对于突发性灾难，该报反应迅速、及时介入，形成高效运作的融媒体报道机制，联动报网微端全方位追踪灾情，回应社会关注，是新媒体时代兼顾时效和内容策划的经典案例。作品呈现形式多样，现场感强，引发读者强烈共鸣。

新媒体展示

使用手机扫描下方二维码，即可观看本条获奖作品的新媒体展示。

公仆之路

作品信息

作品类型：一等奖·综合类
刊播单位：央视影音
报送单位：中国记协新媒体专业委员会
主创人员：集体
作品网址：http://news.cctv.com/2017/11/23/ARTI5KWewqrJv0Nv472GqHTV171123.shtml
首发时间：2017 年 11 月 23 日 0 时 21 分

CBOX 央视影音

作品简介

央视推出时政微视频《公仆之路》，以一镜到底的方式，在 5 分 26 秒内完成 48 年的时空漫游，再现党和国家领导人习近平从黄土地到中南海，初心不变、始终如一、为民服务的公仆历程。

新媒体展示

使用手机扫描下方二维码，即可观看本条获奖作品的新媒体展示。

获奖理由

该短视频清晰、流畅地呈现出习近平总书记以人民为中心的工作宗旨和情怀，核心思想突出，表现形式新颖，镜头语言丰富，尤其契合当下互联网时代的传播规律和阅读习惯，是网络传播的一部精品力作。

“天舟一号”发射任务 VR 全景直播

作品信息

作品类型：一等奖·综合类
刊播单位：央视影音
报送单位：中国记协新媒体专业委员会
主创人员：集体
作品网址：http://app.cctv.com/special/cbox/subscribe/index.html? mid=183iaaMj0518&from=singlemessage&isappinstalled=0
首发时间：2017 年 4 月 20 日 19 时 41 分

CBOX 央视影音

作品简介

“天舟一号”在文昌航天发射场执行飞行任务，《中国相册》栏目联手央视网，对此次发射进行近距离 VR 直播，开创了三个“首次”：首次航天领域 VR 直播、首次最近距离全程直播火箭发射、首次在 VR 直播中引入专业讲解员。

获奖理由

此次直播策划新颖、执行到位、配合流畅，让新闻变得立体可感，使受众由被动接收转为主动获取，增强了新闻传播的互动性，为受众提供了全新的收视体验，是电视直播融媒体形态的一次成功尝试。

新媒体展示

使用手机扫描下方二维码，即可观看本条获奖作品的新媒体展示。

“军装照”H5

作品信息

作品类型：一等奖 · 综合类
发布平台：人民日报客户端
报送单位：中国记协新媒体专业委员会
主创人员：丁伟、余荣华、倪光辉、赵明琪、喻晓雪
作品网址：https://www.html5case.com.cn/case/people-cn/81/index2.html
首发日期：2017年7月29日

作品简介

为纪念建军90周年，人民日报客户端借助人脸识别、融合成像等技术，制作互动H5《快看呐！这是我的军装照》，帮助网友生成自己的虚拟“军装照”，共同表达对人民军队的喜爱之情。

新媒体展示

使用手机扫描下方二维码，即可观看本条获奖作品的新媒体展示。

获奖理由

“军装照”H5以建军节为契机，使用互联网最新技术，采用普通人喜闻乐见的方式，展示了网友对党和国家的热爱、对人民军队的拥护，实现了技术与创意的结合，达到海量传播和广泛好评双重效果，在互联网上奏响主旋律，形成拥军热潮。

点赞十九大，中国强起来

作品信息

作品类型：一等奖·综合类
发布平台：新华通讯社客户端
报送单位：中国记协新媒体专业委员会
主创人员：集体
作品网址：http://newdata.news.cn/dzsjd/#0
首发日期：2017年10月12日

作品简介

该系列产品将优质创意、权威内容、先进技术融合在一起，集用户体验、互动、分享等功能于一体，紧扣十九大议程和关键节点，邀请十九大代表和百余名各行业知名人士为十九大录制祝福音频、引领诵读十九大报告。

获奖理由

该系列产品开创打通互联网与现实生活场景、开展重大主题传播的先河，首次全流程、全平台设计党代会互动环节，设计不同平台的差异化互动，充分探索互联网与社交媒体传播规律，成为主流网络媒体正面宣传的一次重大创新探索。

新媒体展示

使用手机扫描下方二维码，即可观看本条获奖作品的新媒体展示。

侠客岛

作品信息

作品类型：一等奖・综合类
发布平台："侠客岛"微信公众号
报送单位：中国记协新媒体专业委员会
主创人员：集体
主管单位：《人民日报(海外版)》编辑部
创办日期：2014 年 2 月 18 日

作品简介

"侠客岛"自创办以来，牢固树立"四个意识"，坚持守正持中立场，以时政新闻解读为主业，在多个媒体平台落地，以优质内容、清新文风，"成为融合发展时期主流媒体积极影响海内外舆论的轻骑兵"。

新媒体展示

使用手机扫描下方二维码，即可观看本条获奖作品的新媒体展示。

获奖理由

"侠客岛"坚守政治立场，内容丰富优质，话语活泼，在互联网舆论场拥有广泛影响力；在重大时政、社会热点、国际新闻等方面，站位高、把握准、接地气、多创新，实现了宣传导向和传播效果的平衡，取得了良好社会效果。

国际锐评

作品信息

作品类型：一等奖·综合类
发布平台：国际锐评
报送单位：中国记协新媒体专业委员会
主创人员：王姗姗、盛玉红、雷思海、鲁晓冬、魏东旭、许钦铎
主管单位：中国国际广播电台
创办日期：2015 年 6 月 1 日

国际锐评

作品简介

“国际锐评”以国际政治、财经、军事、科技等题材为主要话题，综合运用图文、音频、短视频等多媒体形态，平均每天推送三至四篇文章，全年无休，力争打造时效强、观点锐、语言活、形态丰、互动多的原创国际时事评论。

获奖理由

该栏目在国际时评领域深耕、在打造融媒体产品方面勇于实践，突出了新媒体时评的选题、风格、形式和互动特色；兼顾社会效益与市场效益、国内传播与国际传播，注重舆论引导，是央媒中不多见的国际时评新媒体品牌栏目。

新媒体展示

使用手机扫描下方二维码，即可观看本条获奖作品的新媒体展示。

长幅互动连环画|天渠：遵义老村支书黄大发 36 年引水修渠记

作品信息

作品类型：一等奖 · 综合类
发布平台：澎湃新闻
报送单位：中国记协新媒体专业委员会
主创人员：黄杨、王辰、李媛、官雪晖、姜昊珏、季国亮、蔺涛、顾一帆
作品网址：http://image.thepaper.cn/html/zt/2017/04/tianqu/index.html
首发时间：2017 年 4 月 23 日

作品简介

该 H5 产品以水为主线，用下拉式长幅连环画、渐进式动画、360 度全景照片、图集、音频、视频、交互式体验等多种报道形式，全景展现了黄大发带领老一代修渠脱贫、带动新一代致富的历史长卷。

新媒体展示

使用手机扫描下方二维码，即可观看本条获奖作品的新媒体展示。

获奖理由

该作品创新主旋律报道、典型人物报道表达方式，取得很好的传播效果，阅读量极高。该 H5 报道包括多种表现形式：下拉式长幅连环画、渐进式动画、360 度全景照片、图集、音频、视频、交互式体验等，别具匠心，丰满而立体。

领　航

作品信息

作品类型：一等奖·融媒创新
发布账号：新华通讯社客户端
报送单位：中国记协新媒体专业委员会
主创人员：集体
总 时 长：8 分 40 秒
首发日期：2017 年 10 月 17 日

作品简介

短片以习近平总书记在参观《复兴之路》展览时引述的三句诗为脉络，展现了党的十八大以来，以习近平同志为核心的党中央领航“中国号”巨轮破浪前行，将中国特色社会主义理论和实践不断推向新时代的光辉历程。

获奖理由

全片使用影像和音乐音效来叙事，受众代入感极强，激发了民众的爱国热情和民族自豪感，在新媒体上为党的十九大召开营造了良好的舆论氛围，是媒体融合下政治理论传播的一次有益的探索和尝试。

新媒体展示

使用手机扫描下方二维码，即可观看本条获奖作品的新媒体展示。

“央广主播的朋友圈”系列 H5 报道

作品信息

作品类型：一等奖 · 融媒创新
发布平台：“中国之声”微信公众号
报送单位：中国记协新媒体专业委员会
主创人员：夏文、王艺、马文佳、江晓晨、徐冰、马烨
首发日期：2017 年 3 月 2 日

作品简介

央广主播的“朋友圈”系列作品共 4 期，将视频抠像技术和朋友圈展现形式相结合，并集合广播的声音特点、图文视频的可视特点，将一个围绕“两会”内容生成的虚构朋友圈打造成拟真度极高的交互页面。

新媒体展示

使用手机扫描下方二维码，即可观看本条获奖作品的新媒体展示。

获奖理由

在业内首次使用虚拟朋友圈与主播实拍视频抠像结合的方式来打造一个适合在受众朋友圈传播的“两会”报道作品。该作品整合广播节目内容、节目主播等优势资源，并设计了精彩的展现形式，是媒体融合进程中一次有益的尝试。

中国新闻奖

综合类·二等奖

孤岛·夫妻·三十年

作品信息

作品类型：二等奖·新闻摄影
刊播单位：新华通讯社
报送单位：中国新闻摄影学会
主创人员：韩瑜庆、李响
单幅/组照：组照(8 幅)
首发日期：2017 年 2 月 27 日

作品简介

新华社江苏分社记者自 2015 年以来，持续关注开山岛“孤岛夫妻哨”的感人事迹。此组稿件凸显了“孤岛夫妻哨”三十年如一日，克服种种艰难困苦，坚守黄海前哨，让“五星红旗在开山岛上高高飘扬”的感人精神。

获奖理由

三年的跟踪拍摄、冒着八级海风深入采访，记者用镜头不间断记录下一对夫妻在人迹罕至、条件极其艰苦的孤岛三十年如一日的坚守，人物的孤独身影与野草丛生、嶙峋礁石形成鲜明对比，画面冲击力强，拥有直抵人心的力量。

新媒体展示

使用手机扫描下方二维码，即可观看本条获奖作品的新媒体展示。

风雪夜 大营救

作品信息

作品类型：二等奖 · 新闻摄影
刊播单位：《漯河晚报》
报送单位：中国新闻摄影学会
主创人员：杨光
单幅/组照：组照（8 幅）
刊播版面：专版 8—9
首发日期：2017 年 2 月 9 日

漯河晚报

作品简介

2017 年 2 月 7 日，临颍县窝城镇后张村一名 12 岁女孩不慎坠入一口机井中。经过 9 个多小时的雪夜生死大营救，女孩被成功救出。记者第一时间奔赴现场，以全媒体报道手法，把救援的每一个过程及时记录下来，向外传播。

新媒体展示

使用手机扫描下方二维码，即可观看本条获奖作品的新媒体展示。

获奖理由

面对突发事件，记者及时奔赴救援一线，以新闻人的职业精神解决重重困难。这组图片全方位展现了宏大的雪夜救援场面，让读者对救援现场一览无余，对弘扬社会正能量起到了积极作用。

龙腾港珠澳

作品信息

作品类型：二等奖·新闻摄影
刊播单位：金羊网
报送单位：中国新闻摄影学会
主创人员：林桂炎
编　　辑：宋金峪
单幅/组照：组照（8 幅）
首发日期：2017 年 1 月 28 日

作品简介

自 2015 年开始，记者连续跟踪了 3 年，参与了港珠澳大桥沉管的安装、大桥隧道最终接头、主体工程全线亮灯等重大节点报道，拍摄了很多独家照片。2016 年，《羊城晚报》推出了 11 个版的专题报道。

获奖理由

组照截取不同时间节点中港珠澳大桥施工场景，展示其龙腾虎跃的建设过程。组照中既有雄伟壮观的人工岛画面，也有建设者代表人物，还有青州航道桥美轮美奂的“中国结”，从不同侧面呈现了立体可感的港珠澳大桥形象。

新媒体展示

使用手机扫描下方二维码，即可观看本条获奖作品的新媒体展示。

强手棋

作品信息

作品类型：二等奖 · 新闻漫画
刊发单位：《解放日报》
报送单位：中国新闻漫画研究会
主创人员：罗杰
编　　辑：张陌
刊播版面：视觉 8
首发日期：2017 年 1 月 3 日

解放日报

作品简介

2017 年初特朗普刚上任之时，全世界的目光都聚焦于他，因为他“不靠谱”，你看他面对诸多国际问题，手执骰子，撒到哪里就是哪里。

新媒体展示

使用手机扫描下方二维码，即可观看本条获奖作品的新媒体展示。

获奖理由

作品融幽默性、新闻性、艺术性于一体，画面形象生动、惟妙惟肖，借助掷骰子这一俏皮形式，生动地展现出特朗普独特的政治性格，创意新颖。

国家领导人海外社交媒体报道效果评估与优化思考

作品信息

作品类型:二等奖·新闻论文
刊播单位:《中国记者》
报送单位:新华通讯社
主创人员:朱智宾、蒋玉鼐
编　　辑:梁益畅
作品字数:3 839 字
刊播版面:论坛 72—75
发表日期:2017 年 11 月 1 日

作品简介

2017 年初,新华社新闻研究所就如何改进加强新华社习近平总书记新闻报道进行深入研究。课题组经过半年多努力,推出了习近平总书记新闻报道系列研究成果,本文是其中的第五篇。

获奖理由

本文聚焦关于习近平总书记的报道,以海外社交媒体为研究对象,站位高、方向正;抽样时段长,样本总量多,评估指标设置合理,分析透、内容深;既体现了明显成效,也讨论了可能的进步方向,判断准、建议实。

新媒体展示

使用手机扫描下方二维码,即可观看本条获奖作品的新媒体展示。

把“四向四做”要求落实到记协工作实践之中

作品信息

作品类型:二等奖・新闻论文
刊播单位:《影响力・云南传媒》
报送单位:云南省新闻工作者协会
主创人员:徐体义
编　　辑:王洪奎、傅尚坤
作品字数:4 401 字
刊播版面:特别策划・学讲话精神做党和人民信赖的新闻工作者 4—7
发表日期:2017 年 9 月 20 日

作品简介

习近平总书记“11・7”重要讲话发表后,云南新闻工作者协会积极落实中国记协“四个一”工作任务,徐体义主席带头撰写学习贯彻习近平总书记“11・7”重要讲话精神体会文章,提出了精辟见解、务实举措。

新媒体展示

使用手机扫描下方二维码,即可观看本条获奖作品的新媒体展示。

获奖理由

该文深入学习领会习近平总书记“11・7”重要讲话精神,紧密联系记协工作实际,对总书记的讲话精神进行了深入解读和有效宣传,既有理论深度,又有鲜明的问题导向性和现实针对性。

推动新闻舆论工作
更好担负起时代使命

作品信息

作品类型：二等奖·新闻论文
刊播单位：《新闻战线》
报送单位：《人民日报》
主创人员：崔士鑫
编　　辑：冷梅
作品字数：2 869 字
刊播版面：专题学习 11—12
发表日期：2017 年 1 月 5 日

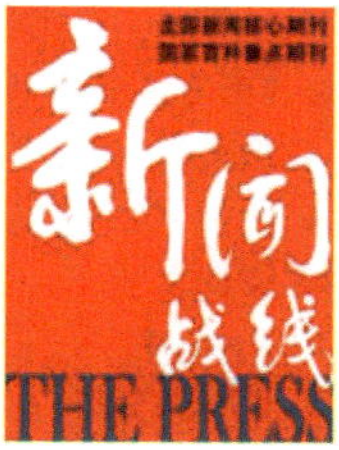

作品简介

2017 年 11 月 7 日，习近平总书记亲切会见中华全国新闻工作者协会第九届理事会全体成员和中国新闻奖、长江韬奋奖获奖者代表并发表重要讲话，作者撰写出这一学习领会“四向四做”讲话精神的论文。

获奖理由

这篇论文在深刻领会习近平总书记重要讲话精神基础上，紧密结合新闻舆论工作与新闻工作者队伍建设实际，深入挖掘重要讲话的丰富内涵、重要意义、指导作用，对习近平总书记提出的“四向四做”要求进行了宣传引导。

新媒体展示

使用手机扫描下方二维码，即可观看本条获奖作品的新媒体展示。

从“相加”到“相融”

作品信息

作品类型：二等奖 · 新闻论文
刊播单位：《南方电视学刊》
报送单位：海南省新闻工作者协会
主创人员：陈忆多
编　　辑：谢江林
作品字数：4 849 字
刊播版面：业者探索 85—87
发表日期：2017 年 8 月 28 日

作品简介

本文结合海南广播电视台近年来的实践与探索，探讨传统媒体如何发挥自身优势，量力而行，适度超前，有效推进融合，进一步提高媒体的传播力、引导力和影响力。

新媒体展示

使用手机扫描下方二维码，即可观看本条获奖作品的新媒体展示。

获奖理由

该论文以实践为基础，突出实证分析，不仅有思路、有数据、有实例，还有解决方案，针对性和可操作性极强。论文观点明确、论证充分、论述严谨，对传统媒体推进媒体融合具有借鉴价值和指导意义。

中国国际传播的盲区与突破

作品信息

作品类型：二等奖·新闻论文
刊播单位：《对外传播》
报送单位：《中国日报》
主创人员：解冰、沈斌
编　　辑：沈斌
作品字数：4 900 字
刊播版面：理论平台 46—48
发表日期：2017 年 12 月 25 日

作品简介

作者连续参与对我国国际传播重点媒体 2013—2016 年度的国际传播效果评估工作，对我国国际传播长期以来面临的挑战和问题有切身体会和深入思考，确保了文章中对策建议的科学性、前瞻性和指导性。

获奖理由

该文政治站位和学术水平较高，准确把握了当前贯彻落实习近平总书记关于意识形态工作的系列指示要求。文章既有深刻的理论内涵，又体现鲜明的问题导向和现实针对性，对未来国际传播工作的深入开展起到了积极的促进作用。

新媒体展示

使用手机扫描下方二维码，即可观看本条获奖作品的新媒体展示。

坚定方向 做好导向 确立志向 把握取向

作品信息

作品类型:二等奖·新闻论文
刊播单位:《中国记者》
报送单位:新华通讯社
主创人员:郑保卫
编　　辑:陈国权
作品字数:5 358 字
刊播版面:论坛 66—68
发表日期:2017 年 1 月 1 日

作品简介

2016 年 11 月 7 日,习近平总书记在会见中国记协第九届理事会第一次会议全体代表和中国新闻奖、长江韬奋奖获奖代表时发表重要讲话。《中国记者》杂志随即向作者约稿,文章刊发在《中国记者》2017 年第 1 期。

新媒体展示

使用手机扫描下方二维码,即可观看本条获奖作品的新媒体展示。

获奖理由

这是习近平总书记对新闻工作者提出"四向四做"要求之后,最早的学习习近平总书记"11·7"讲话的论文之一。论文的时效性、针对性、理论性都较强,对于做好新时期的新闻舆论引导工作具有较高的实践指导价值。

基于区块链技术的媒体融合路径探索

作品信息

作品类型：二等奖·新闻论文
刊播单位：《新闻战线》
报送单位：湖南省新闻工作者协会
主创人员：李鹏飞
编　　辑：郭潇颖
作品字数：5 341 字
刊播版面：研究走廊 90—93
发表日期：2017 年 8 月 1 日

作品简介

作者在充分调研传统媒体实际、总结转型经验与多年理论积淀基础上，在业界首次提出媒体区块链平台建设方案，为媒体深度融合提供了全新视角，具有较高的理论创新性与实践指导性。

获奖理由

作者作为报业集团主要负责人，站在业界前沿大胆思考、积极探索，为媒体行业整体转型提供全新解决思路，具有引领意义。文章合乎学术规范，论据、案例充分，论证条理清晰，策略思路具有针对性。

新媒体展示

使用手机扫描下方二维码，即可观看本条获奖作品的新媒体展示。

主播走基层·见证新景象

作品信息

作品类型:二等奖·国际传播
刊播单位:四川康巴卫视
报送单位:四川省新闻工作者协会
主创人员:集体
作品时长:5 分 58 秒
首发日期:2017 年 5 月 2 日至 5 月 22 日

ཁམས་པའི་བརྙན་འཕྲིན།
康巴卫视

作品简介

2017 年 5 月,为迎接四川省第十一届党代会召开,康巴卫视策划开展了“主播走基层·见证新景象”系列报道,生动地诠释了“走基层”的深层次含义。

新媒体展示

使用手机扫描下方二维码,即可观看本条获奖作品的新媒体展示。

获奖理由

该系列报道聚焦 2017 年度四川省重大宣传主题,以主播走基层讲故事的方式剖析藏区经济社会发展的生动事例,客观真实地对外展示了四川藏区欣欣向荣的发展态势以及藏区各级干部群众勤劳致富、脱贫奔康的精神面貌。

龙象共舞（印地语）

作品信息

作品类型：二等奖·国际传播
刊播单位：中国国际广播电台
报送单位：中国广播电影电视社会组织联合会
主创人员：毕玮、张肖、朱晶晶
作品时长：7 分 45 秒
首发日期：2017 年 12 月 27 日至 12 月 29 日

作品简介

国际台印地语部策划制作了《龙象共舞》系列报道，分为三篇：《中国小夫妻的印度筑梦记》《印度“中国通”的中国梦》《丝路情连中国味》，通过介绍促进中印交流的使者的故事，增进两国人民彼此的好感和相互了解。

获奖理由

《龙象共舞》系列报道导向正确，主题鲜明，贴近海外受众需求，音响丰富，富有影响力和感染力，在增进中印两国人民间的了解与信任方面，达到了很好的宣传效果，受众反馈积极。

新媒体展示

使用手机扫描下方二维码，即可观看本条获奖作品的新媒体展示。

我坐高铁看安徽

作品信息

作品类型：二等奖 · 国际传播
刊播单位：安徽广播电视台
报送单位：安徽省新闻工作者协会
主创人员：姜敏、李孟君、蒋自斌、尹广富、周吉
作品时长：30 分
刊播栏目：国际频道《感知安徽》
首发日期：2017 年 12 月 30 日

安徽广播电视台

作品简介

本片讲述了旅居合肥十几年的法国人菲利普乘坐高铁，访问安徽合肥、淮南、蚌埠、滁州四座城市，记录安徽在打造内陆开放新高地中的最新成就的故事。作品以外国人的视角，展示了安徽以高科技为引领的绿色发展之路理念。

新媒体展示

使用手机扫描下方二维码，即可观看本条获奖作品的新媒体展示。

获奖理由

本片作为经济题材的成就性报道，创新了节目形式，风格新颖不沉闷，符合西方观众的审美习惯。作品以全新的视角、活泼的叙事方式向世界展现了安徽经济发展的新趋势。

中国维和部队巡礼·战地手记

作品信息

作品类型:二等奖·国际传播
刊播单位:《解放军报》
报送单位:军委政治工作部宣传局
主创人员:孙兆秋、张晓祺、庞清杰、刘化迪、罗铮、吕德胜
作品字数:1 554 字、1 230 字、1 579 字
首发日期:2017 年 8 月 10 日至 9 月 11 日

作品简介

2017 年 8 月 1 日是建军 90 周年纪念日。解放军报社派出两个报道小组 4 名记者,历时 1 个多月,深入全球公认最危险的马里、黎巴嫩、南苏丹、苏丹、刚果(金)5 个国家,亲历式采访我军派出的维和部队。

获奖理由

这组报道展示了中国军队负责任、爱和平的良好形象,彰显了中国军队为维护世界和平作出的重要贡献,受到中国国防部以及联合国官员高度好评。系列报道注重以小见大,故事细节生动,人物形象饱满。

新媒体展示

使用手机扫描下方二维码,即可观看本条获奖作品的新媒体展示。

《中国梦 365 个故事》第二季之《无国界医生》

作品信息

作品类型：二等奖 · 国际传播
刊播单位：北京广播电视台
报送单位：北京市新闻工作者协会
主创人员：吴群、李森、林天趣
作品时长：3 分
首发日期：2017 年 12 月 4 日

作品简介

本片通过大量纪实性拍摄和珍贵的影像资料，讲述了北京一名妇产科医生安娜在战争、疫病和灾害横行的地区，用生命拯救生命的故事。

新媒体展示

使用手机扫描下方二维码，即可观看本条获奖作品的新媒体展示。

获奖理由

片中人物口述语言平实，但于细节之中充满惊心动魄的生命体验；纪实风格的影像真切动人，情绪渲染拿捏准确；娴熟运用影视语言。本片的编导成功塑造了一个纤弱却又充满勇气、拥有坚定信念的中国女医生的形象。

China 从这里出发

作品信息

作品类型：二等奖·国际传播
刊播单位：江苏省广播电视总台
报送单位：中国社会科学院新闻与传播研究所
主创人员：集体
作品时长：25 分 13 秒
刊播栏目：国际频道《纪录》
首发日期：2017 年 12 月 28 日

作品简介

2017 年年初，记者开始了长达近一年的对在太仓发现的樊村泾元代遗址的跟踪拍摄，记录下大量珍贵的发掘瞬间。专题从展览切入，层层推进，交代了遗址年代和规模等重要信息，并且从侧面展示了改革开放的成就。

获奖理由

专题没有停留在考古层面，而是通过“六国码头”的兴衰来点题：闭关锁国必然落后，开放带来繁荣，今天的中国要走一条开放的道路。标题中的 China 运用地十分巧妙，一语双关地让专题更有深意。

新媒体展示

使用手机扫描下方二维码，即可观看本条获奖作品的新媒体展示。

诺奖得主尤努斯精准扶贫到河南

作品信息

作品类型：二等奖·国际传播
刊播单位：《河南日报》
报送单位：河南省新闻工作者协会
主创人员：郭戈
编　　辑：郭津、胡延征
作品字数：912 字
刊播版面：要闻 2
首发日期：2017 年 3 月 1 日

作品简介

主创者深刻了解由尤努斯创立并在全球 40 多个国家复制的“格莱珉模式”；采访了中原银行负责人，了解其赴孟加拉国考察、到兰考县乡村调研、召集金融专家论证的情况；采访了兰考县政府负责人，了解其对合作的期待。

新媒体展示

使用手机扫描下方二维码，即可观看本条获奖作品的新媒体展示。

获奖理由

文章积极探索了金融支持贫困人口脱贫致富的做法，不仅及时面向海内外传播了这一具有典型意义的新闻事实，还对促进我国中西部贫困地区借鉴复制这一模式具有重要意义。

怀念高莽(俄语)

作品信息

作品类型:二等奖 · 国际传播
刊播单位:中国国际广播电台
报送单位:中国广播电影电视社会组织联合会
主创人员:集体
作品时长:25 分 50 秒
刊播频道:俄语对外广播、西伯利亚落地调频台、《乐享生活》
首发日期:2017 年 12 月 28 日

作品简介

节目以高莽先生 89 岁高龄时接受国际台记者专访的音响为主要素材,回顾了高莽先生奉献给俄苏文学和艺术的一生,以文学的视角探求中俄两国人民相近的文化内核,阐释中俄友谊的人文基础。

获奖理由

契合中俄友好大背景,以"文学之声"讲述中俄人民交流的故事。该节目内容丰富,表达形式生动,有深度、有情感、有共鸣,得到中俄文学界代表与文学爱好者的广泛关注和好评,是一篇优秀的国际传播作品。

新媒体展示

使用手机扫描下方二维码,即可观看本条获奖作品的新媒体展示。

Uncertainty Clouds China-US Ties
(笼罩中美关系的不确定性)

作品信息

作品类型：二等奖 · 国际传播
刊播单位：《中国日报》(美国版)
报送单位：《中国日报》
主创人员：陈卫华
编　　辑：纪涛、王林艳
作品字数：12 358 字
刊播版面：1 转 20 版
首发日期：2017 年 1 月 20 日

作品简介

通过采访多位中美关系和国际问题权威专家，就特朗普上任后中美关系特别是台湾问题、贸易、朝核和南海等关键问题的前景进行分析，对特朗普主要内阁成员对中美关系可能造成的影响也予以简单介绍。

新媒体展示

使用手机扫描下方二维码，即可观看本条获奖作品的新媒体展示。

获奖理由

文章观点各异、条理清晰、表述客观、叙述流畅，既有效传播了我方主张，又符合美国等国外读者的阅读习惯，体现了把我们要讲的和国外受众想听的结合起来的要求，达到了良好的传播效果。

African Stylist in Wuhan:Zambian Girl Brings Her Fashion Sense to "City of Design"
(“设计之都”武汉的赞比亚服装设计师)

作品信息

作品类型:二等奖·国际传播
刊播单位:中国国际电视台
报送单位:湖北省新闻工作者协会
主创人员:黄峻、吕炎杰
作品时长:2 分 34 秒
刊播栏目:英语频道《非洲直播室》
首发日期:2017 年 12 月 23 日

CGTN

作品简介

通过对赞比亚设计师木兰在武汉的工作学习情况的拍摄采访,展现了其设计中从固有的非洲本土元素到与中国元素融合的变化,以及她在这座有着世界氛围的“设计之都”中迅速成长的过程。

获奖理由

作品在故事的讲述上对国际传播特性有很好的把握,极具亲和力、感染力。不仅表现出新时代的中国给世界提供了更广阔的创作和展示舞台,而且彰显了中华民族的文化自信。

新媒体展示

使用手机扫描下方二维码,即可观看本条获奖作品的新媒体展示。

重走淘金路 再访新金山

——纪念澳大利亚华人罗布之行 160 周年

作品信息

作品类型：二等奖 · 国际传播
刊播单位：《南方日报》
报送单位：广东省新闻工作者协会
主创人员：郎国华、刘江涛、王会赟、胡良光、黄叙浩、龚春辉、郁石
作品字数：2 534 字、2 701 字、2 846 字
首发日期：2017 年 5 月 31 日至 6 月 8 日

南方日报

作品简介

以“还原历史对话未来”为主线，独家推出了系列特别报道，不仅在全国主流媒体中首次深入挖掘和呈现了华人在澳大利亚的淘金史、奋斗史，传播了中华文化，而且坚持国家站位，为中澳全面战略伙伴关系发展注入正能量。

新媒体展示

使用手机扫描下方二维码，即可观看本条获奖作品的新媒体展示。

获奖理由

作品立意深远，内容上佳，融通古今，连接中澳，致力未来，具有较强的可读性、思想性、建设性，面向世界唱响了中国声音，体现了主流媒体的责任和担当、开放与创新。

Commentary: Is China's B&R Initiative just Hegemony in Disguise?
(评论:中国"一带一路"倡议是披着外衣的霸权主义?)

作品信息

作品类型:二等奖·国际传播
刊播单位:新华通讯社
报送单位:新华通讯社
主创人员:李来房
编　　辑:韩松、张永青
作品字数:813 字
刊播版面:新华社英文大广播
首发日期:2017 年 5 月 13 日

作品简介

文章论述有力,有理有据,驳斥了海外妄称中国利用"一带一路"谋求地区霸权或搞新殖民主义的言论,强调倡议绝非中国寻求霸权的工具,而是在合作共赢基础上追求共同发展,构建人类命运共同体。

获奖理由

"一带一路"国际合作高峰论坛报道中,这篇重点评论响亮发出了中国的声音,批驳了国际上对"一带一路"的误读,成功地影响和引导了国际主流舆论,有力配合了中国重大主场外交,取得了出色的国际传播效果。

新媒体展示

使用手机扫描下方二维码,即可观看本条获奖作品的新媒体展示。

网红店假排队调查

作品信息

作品类型：二等奖·融媒短视频
发布平台：看看新闻网及手机客户端
报送单位：中国记协新媒体专业委员会
主创人员：集体
作品时长：5 分 50 秒
首发日期：2017 年 6 月 6 日

作品简介

记者团队精心策划，兵分多路，以顾客、黄牛、网红店主等多重身份进行实地暗访，发现并记录了该领域的乱象，并进一步探究问题的根本。

新媒体展示

使用手机扫描下方二维码，即可观看本条获奖作品的新媒体展示。

获奖理由

这个调查短视频系列是刺破排队谜团的利刃，揭露了雇佣黄牛炒作已经涉及房地产、服装、餐饮等各个行业的现象。记者向社会述清了事实，也为监管部门敲响了警钟。

老外看中国:英国小哥细数“两会”关键词(英文)

作品信息

作品类型:二等奖・融媒短视频

发布平台:China Daily 中国日报网、China Daily 中国日报客户端、China Daily 中国日报官方微博、中国日报双语新闻微信公众号、中国日报微信公众号、China Daily 微信公众号、中国日报腾讯视频、中国日报 B 站、China Daily Facebook、China Daily Twitter、China Daily YouTube

报送单位:中国记协新媒体专业委员会

主创人员:集体

作品时长:4 分 20 秒

首发日期:2017 年 3 月 3 日

作品简介

作品通过影视特技抠像技术,回顾过去几十年来全国“两会”的热词,梳理了中国社会经济发展的脉络,最终引出习总书记在十二届全国人大一次会议上关于“中国梦”和“人民”的论述,深刻阐明了“人民是历史的创造者”这一论点。

获奖理由

视频播发后,在海内外引起广泛关注,效果积极,并形成话题,二次传播效果显著,在短视频报道中形成了一股“微缩”热潮,起到了带动传统媒体尤其是平面媒体通过短视频创新报道手段的作用。

新媒体展示

使用手机扫描下方二维码,即可观看本条获奖作品的新媒体展示。

国台办主任张志军：“台独”之路走到尽头就是统一

作品信息

作品类型：二等奖·融媒短视频
发布平台：中国之声微博、新浪视频
报送单位：中国记协新媒体专业委员会
主创人员：林骏、杜传、吴桐、王磊
作品时长：1 分 5 秒
首发日期：2017 年 3 月 6 日

作品简介

该作品是 2016 年 5 月 20 日台湾民进党当局重新上台以来，大陆相关部门第一次就“台独”势力作出明确且坚定的重磅表态。该表态也为后来对台工作及对台宣传确定了基调。

新媒体展示

使用手机扫描下方二维码，即可观看本条获奖作品的新媒体展示。

获奖理由

作品经国台办及全国人大新闻机构授权，权威首发，有极强的新闻敏感性、时效性及权威性，新闻价值重大、现场感强烈，符合新媒体传播规律，一经播发便产生极为正面的影响，取得融媒体环境中最大化的传播效果。

一句话，让山水美如诗

作品信息

作品类型：二等奖·融媒短视频
发布平台：浙江新闻客户端
报送单位：中国记协新媒体专业委员会
主创人员：集体
作品时长：6 分 35 秒
首发日期：2017 年 8 月 15 日

作品简介

主创团队到山区、海岛、新城、小城进行实地采访，整合了绘画、书法、诗歌等艺术元素，使得视频创意十足、亮点纷呈。片尾作了升华："两山"理念已经成为"美丽中国"建设的方向和指针。

获奖理由

该片主题宏大、立意较高，有效发挥了视频生动、直观、形象的表现力。除此之外，该视频还引进了国画、书法、诗歌等高层次的艺术资源和力量，组成专业的主创团队，提升了片子的整体艺术水准。

新媒体展示

使用手机扫描下方二维码，即可观看本条获奖作品的新媒体展示。

浙江一小时·急救|记者跟拍直升机到山区接病人

作品信息

作品类型:二等奖·融媒直播
发布平台:浙江新闻客户端
报送单位:中国记协新媒体专业委员会
主创人员:周莎莎、胡杨、周旭辉、柳蓬、倪雁强、张小斌、吴耀斌、姚瑶
作品时长:1 时
首发日期:2017 年 1 月 9 日

作品简介

整场直播完整客观地记录了一次空中医疗急救的全过程,从各个视角、各个方面捕捉到过程中的具体细节,使网友对于空中医疗急救有了直观的认识和了解,引发了社会各界对于空中医疗急救的关注。

新媒体展示

使用手机扫描下方二维码,即可观看本条获奖作品的新媒体展示。

获奖理由

移动视频直播的主题鲜明、立意高远,机位安排得当、地空衔接顺畅,主持发挥自如、场面控制自然,画面呈现全面、网络连接通畅,以一小时架起生命空中通道的新闻叙事,让网民零距离感受了浙江医疗事业的发展水平。

你收到的是 1927 年 8 月 1 日发来的包裹

作品信息

作品类型:二等奖·融媒互动
发布平台:中国军网、军报记者官方微博、腾讯新闻客户端
报送单位:中国记协新媒体专业委员会
主创人员:宋明亮、戴斌、张笑、王佳林、杨子、姜盼、潘婷、武晓晴
作品时长:3 分 53 秒
首发日期:2017 年 7 月 27 日

作品简介

作品围绕军报内容进行二次创新,与政工部、网络传播中心联手优化提升产品品质。该 H5 作品分为文字快闪与答题抽奖两部分,主打文字快闪和试穿军装的创意。

获奖理由

该 H5 作品形式新颖,传播力广,影响范围大,成为纪念建军 90 周年众多产品中效果比较突出的媒体融合产品。

新媒体展示

使用手机扫描下方二维码,即可观看本条获奖作品的新媒体展示。

H5《铁血铸军魂》

作品信息

作品类型：二等奖·融媒互动
发布平台：央视新闻移动网
报送单位：中国记协新媒体专业委员会
主创人员：杨继红、唐怡、郑弘、杜丹、王家乐、梁震、曹艳云、关美璐
首发日期：2017 年 8 月 1 日

作品简介

作品包含《铸魂》《砺剑》和《红色记忆》三大版块，与阅兵系列直播《沙场点兵》组成独家创意 H5 作品集。用户可通过自主切换，实现交互浏览。

新媒体展示

使用手机扫描下方二维码，即可观看本条获奖作品的新媒体展示。

获奖理由

作品以热点新闻事件为切入点、以军史装备为主题、以用户交互为主要手段，是一款主线明确、重点突出、视觉震撼、内容扎实、富有张力，具有新闻价值、史料价值和观赏价值的融媒体互动产品。

新华社客户端“现场新闻”

作品信息

作品类型：二等奖·融媒栏目
发布平台：新华社客户端
报送单位：中国记协新媒体专业委员会
主创人员：蔡名照、刘思扬、陈凯星、冯瑛冰、齐慧杰、闫帅南、李响、孔唯千
更新周期：7天
创办日期：2016年1月1日

作品简介

栏目密切关注新媒体发展动态，跟踪新技术、新应用，着力增强即时互动、自主导播、数据分析等功能，力求界面友好、功能先进、技术领先，带动媒体融合向纵深发展。栏目制定了“现场新闻”标准体系，具有很强的创新性和指导性。

获奖理由

“现场新闻”打造全息直播报道模式，报道精彩纷呈，涌现出一批精品力作，其影响力和品牌美誉度持续提升，成为引领主流媒体推动媒体融合发展的现象级产品，得到社会各界的充分肯定和普遍好评。

新媒体展示

使用手机扫描下方二维码，即可观看本条获奖作品的新媒体展示。

湖湘英烈

作品信息

作品类型：二等奖・融媒栏目
发布平台：新湖南客户端
报送单位：中国记协新媒体专业委员会
主创人员：颜斌、文风雏、赵雨杉、毛晓红、张权、朱晓华、吴名慧
更新周期：2—3 天
创办日期：2015 年 8 月 15 日

新湖南

作品简介

本栏目作为特色频道“湘人”的骨干栏目，用图文、视频、H5 等多媒体手段，讲述震撼人心的先烈故事，弘扬敢为人先的湖湘文化，彰显敢于牺牲的湖湘精神，激发湖南人民的自豪感和使命感。

新媒体展示

使用手机扫描下方二维码，即可观看本条获奖作品的新媒体展示。

获奖理由

栏目在两年多时间里全面展示了湖湘英烈群像，大大激发了移动网民的英雄情结和爱国情怀，也体现了《新湖南》的精神特质和政治责任感。该专栏获评 2017 年度湖南新闻奖新闻名专栏。

最奇妙的一日游
看砥砺奋进的浙江嘉善

作品信息

作品类型：二等奖·融媒界面
发布平台：浙江新闻客户端
报送单位：中国记协新媒体专业委员会
主创人员：集体
首发日期：2017 年 6 月 20 日

作品简介

作品用虚拟人物结合实景影像的动态方式，设计了一条最美嘉善行程路线。用五个地标，分别对应创新、协调、绿色、开放、共享的“五大发展理念”，彰显嘉善县不断推动科学发展示范点建设的生动实践。

获奖理由

作品主题鲜明、设计新颖，综合运用了“手绘动漫、竖视频”的表现形式展示嘉善的最新风貌，令用户有身临其境之感。

新媒体展示

使用手机扫描下方二维码，即可观看本条获奖作品的新媒体展示。

春风春雨度关东

作品信息

作品类型：二等奖·融媒界面
发布平台：辽宁日报新闻客户端
报送单位：中国记协新媒体专业委员会
主创人员：徐晓敬、杨东、王众心、
张馨瑜、邓婷婷
首发日期：2017 年 10 月 19 日

作品简介

作品融入了视频、音频、背景音乐等新媒体传播手段，将习近平总书记两次参加辽宁代表团审议、到辽宁考察等重大事件，以时间轴的形式呈现在作品中，实现了新闻性、互动性、传播性的融合。

新媒体展示

使用手机扫描下方二维码，即可观看本条获奖作品的新媒体展示。

获奖理由

该 H5 产品创意新颖、形式活泼、现场感强，视频、音频的加入还原了事件发生现场，带领读者以跨越时空的方式重温了习近平总书记对辽宁的深切关怀。

军报纪念建军90周年特刊·阅兵专号:沙场点兵

作品信息

作品类型:二等奖·融合创新
发布平台:解放军报客户端
报送单位:中国记协新媒体专业委员会
主创人员:李景璇、乔梦、于美玉、康哲、朱红、任爽
首发日期:2017年7月31日

作品简介

"阅兵专号"作为解放军报社建军90周年特刊的"点睛之笔"和"定音之作",突出展示了在习主席带领下,人民军队在强军兴军伟大征程中取得的辉煌成就。作品将音视画结合,搭配极具感染力的音乐,让报纸动起来、炫起来。

获奖理由

作品以创新思维结合前沿网络传播技术,对军报"阅兵专号"特刊上静态的图文内容进行二次包装整合,把纸质的军报与流行的H5形式结合起来,呈现出全新的掌上读报方式,是一次成功的报网融合创新之举、突破之举。

新媒体展示

使用手机扫描下方二维码,即可观看本条获奖作品的新媒体展示。

廖俊波系列融媒体产品

作品信息

作品类型：二等奖 · 融媒创新
发布平台：人民日报客户端
报送单位：中国记协新媒体专业委员会
主创人员：温红彦、姜洁、赵兵、吴储岐、史一棋、唐天奕、魏哲哲、魏贺
首发日期：2017 年 6 月 7 日

人民日报
PEOPLE'S DAILY

作品简介

人民日报社一本政经工作室推出三个系列共 10 个关于廖俊波先进事迹的短视频，分别是“看，他们画出了心中的廖俊波”“廖俊波，见字如面”“廖俊波的人生路”，用画简笔画、打比方、写信读信等方式，介绍廖俊波生前的事迹。

新媒体展示

使用手机扫描下方二维码，即可观看本条获奖作品的新媒体展示。

获奖理由

人民日报社一本政经工作室推出的关于廖俊波先进事迹的创意短视频，用当下最热的形式，向全社会尤其是青年人有效传播了廖俊波的精神财富，视频累计点击量超过 4 000 万次，传播力指数创下 2017 年以来全国典型人物报道最高值。

“钢铁侠”VR 直播：全国政协十二届五次会议新闻发布会

作品信息

作品类型：二等奖·融媒创新
发布平台：光明日报客户端
报送单位：中国记协新媒体专业委员会
主创人员：高赛、刘炼、逯成业、于超然、王春晓、杨谷
首发日期：2017 年 3 月 2 日

作品简介

“钢铁侠”多信道直播云台是光明网打造的全媒体报道单兵设备，集新闻信息采集、发布于一体，现场只需一名记者即可快速实现视频、全景、VR 等内容的同步直播与录制。该设备在全国“两会”报道中一经亮相，就引起广泛关注。

获奖理由

“钢铁侠”在媒体融合项目集成创新方面有重要意义。设备入选国家互联网信息办公室和原国家新闻出版广电总局 2017 年度专项资金扶持项目。作为媒体融合创新案例，该设备还进入中国传媒大学、北京师范大学等高校课堂。

新媒体展示

使用手机扫描下方二维码，即可观看本条获奖作品的新媒体展示。

总书记说四川话你听过吗?

作品信息

作品类型:二等奖·融媒创新
发布平台:四川观察
报送单位:中国记协新媒体专业委员会
主创人员:高驰、岳学渊、宋小川、李景良、陈彦希、涂丁丁、段海钦
首发日期:2017 年 10 月 18 日

作品简介

作品以习总书记说过的一句四川话“祝四川人民的生活越来越安逸”为创意点,整合大量视频,在“说唱式”MTV 中见人、见事、见主题,把党的十八大以来四川在诸方面所取得的成就浓缩在 3 分 24 秒的原创歌曲之中。

新媒体展示

使用手机扫描下方二维码,即可观看本条获奖作品的新媒体展示。

获奖理由

该作品结合流行元素进行编曲制作,用轻松愉快的表达方式,讲述习总书记与四川的故事,从标题、内容,到呈现方式都体现出媒体融合和创新的特点,令人耳目一新,向广大网友生动地展示了总书记亲民爱民的形象。

中国新闻奖

综合类·三等奖

16 年养殖成功的银鲳鱼想有个“家”

作品信息

作品类型：三等奖・新闻摄影
刊播单位：《宁波日报》
报送单位：中国新闻摄影学会
主创人员：戚颢、樊卓婧
编　　辑：严龙
刊播版面：视觉 A12
首发日期：2017 年 6 月 13 日

作品简介

宁波大学海洋学院银鲳项目组破解银鲳养殖这一世界性难题后，记者通过 5 个月的拍摄记录了史上最大规模银鲳人工育苗全过程，再现银鲳在人工环境中从卵到成鱼的每一步，反映了该项目的艰难推进过程和科研人员的专业精神。

获奖理由

宁波大学海洋学院银鲳项目组破解世界性难题，创下国内人工养殖银鲳鱼最多的纪录，为保护和合理利用东海渔业资源作出显著贡献。专题照片意义深刻，且采访时间跨度长，画面丰富，细节捕捉到位，备受读者关注。

新媒体展示

使用手机扫描下方二维码，即可观看本条获奖作品的新媒体展示。

踏浪抢修保安全

作品信息

中國海洋石油報

作品类型：三等奖 · 新闻摄影
刊播单位：《中国海洋石油报》
报送单位：中国新闻摄影学会
主创人员：林俊西
编　　辑：刘君启
刊播版面：要闻版 1
首发日期：2017 年 11 月 17 日

作品简介

“南海五号”钻井平台上，技术人员正在抢修临时发生的故障，以确保作业安全。画面里巨浪与技术人员孤身一人的力量对比，蓝色海水与红色工作服的色彩对比，使视觉冲击强烈，烘托出海油人迎难而上的精神风貌。

新媒体展示

使用手机扫描下方二维码，即可观看本条获奖作品的新媒体展示。

获奖理由

该作品角度宏大，视觉震撼，真实记录了海油人战天斗地、与海共舞的魄力与苦干实干、能源报国的精神。该作品多次在中国海油官方微博、网站刊登，有效地发挥了鼓舞人心、提振士气的作用。

共享单车，谁惹了谁？

作品信息

作品类型：三等奖·新闻摄影
刊播单位：浙江在线
报送单位：中国新闻摄影学会
主创人员：董旭明、林云龙、倪雁强、
张迪、杨晓轩
编　　辑：钟融融
首发日期：2017年12月28日

浙江在线
www.zjol.com.cn

作品简介

2017年，共享单车潮弥补了“最后一公里”的出行短板。但随着市场竞争持续升温，共享单车“失控”投放也成了困扰城市管理的一大难题，原本疏通城市“毛细血管”的初衷渐渐变质，由此引发出一个庞大的社会问题。

获奖理由

部分共享单车的野蛮生长和无序发展，给城市交通带来了危害。这是一个全国性的大问题，作者抓住这一热点，迅速展开调查拍摄，系统而全面地记录了共享单车对城市交通的影响，画面触目惊心，具有强烈震撼力，引人反思。

新媒体展示

使用手机扫描下方二维码，即可观看本条获奖作品的新媒体展示。

人退鹿进八千亩

作品信息

作品类型：三等奖 · 新闻摄影
刊播单位：《湖北日报》
报送单位：中国新闻摄影学会
主创人员：周立新、柯皓
编　　辑：罗序文、张国安
刊播版面：视点 14
首发日期：2017 年 12 月 19 日

作品简介

作者走访相关管理部门、多次赴保护区采访、多角度选点拍摄，记录了湖北石首为保护野生麋鹿种群的生存发展，主动腾地让路的故事。反映了政府部门坚持环境保护优先，坚定不移实施“长江大保护”政策的决心。

新媒体展示

使用手机扫描下方二维码，即可观看本条获奖作品的新媒体展示。

获奖理由

这组摄影作品关注了“长江大保护”政策，使用无人机长焦距镜头航拍，画面视角独特。作品展示了野生麋鹿在自然保护区的生存状态，勾画出人与自然和谐相处的美好景象。作品反映的问题引人思考，是一篇紧跟时代热点的佳作。

咱村尽是文化人

作品信息

作品类型：三等奖 · 新闻摄影
刊播单位：《经济日报》
报送单位：中国新闻摄影学会
主创人员：高兴贵
编　　辑：刘亮、翟天雪
刊播版面：中经视觉 4
首发日期：2017 年 12 月 30 日

经济日报

作品简介

作者在参观西高庄村农民画展后，被村子里浓郁的文化氛围所打动，之后多次跟踪，围绕"咱村尽是文化人"这一线索进行拍摄，诠释了文化振兴就是乡村振兴的动力源泉，表现了新时代农村的文化自信。

获奖理由

该组作品从一个小村子的小处着眼，落到国家政策乡村振兴、文化自信的大处上，将三者巧妙地融合在一起。西高庄村这个具体而微的案例，折射出群众性精神文明创建的深厚潜力、澎湃活力与无穷魅力。

新媒体展示

使用手机扫描下方二维码，即可观看本条获奖作品的新媒体展示。

废墟下，母亲打来求救电话

作品信息

作品类型：三等奖 · 新闻摄影
刊播单位：温州日报瓯网
报送单位：中国新闻摄影学会
主创人员：赵用
编　　辑：刘曜
首发日期：2017 年 12 月 28 日

作品简介

2017 年 12 月 27 日，温州市文成县百丈漈镇外大会村发生了一起四间四层半农民自建房坍塌事件。记者对现场救援工作进行了细致的拍摄，晚上 7 点多，废墟下渐渐苏醒过来的胡庆华老人打出求救电话，摄影组图记录了老人成功获救的过程。

新媒体展示

使用手机扫描下方二维码，即可观看本条获奖作品的新媒体展示。

获奖理由

这组图片是从整个事件救援过程中截取的片段，重点人物的表情抓取到位，从细节上反映大事件，是一组不错的纪实新闻组照。

愚公：智叟，这座“山”看来只有您来移了！

作品信息

作品类型：三等奖·新闻漫画
刊播单位：中国新闻漫画网
报送单位：中国新闻摄影学会
主创人员：沈天呈
编　　辑：韩蕾
刊播版面：社会
首发日期：2017 年 4 月 10 日

作品简介

共享单车给人们生活带来方便的同时，也产生了很多的问题，作者用夸张的艺术手法，生动反映了当前共享单车乱堆乱放的现实问题。作品借用人们耳熟能详的愚公移山故事，让人发笑又产生无奈之感。

获奖理由

作品借用大家熟悉的故事，用夸张的艺术手法，生动反映了当前共享单车乱堆乱放的现实问题。作品生动、幽默、耐人寻味。

新媒体展示

使用手机扫描下方二维码，即可观看本条获奖作品的新媒体展示。

打开一扇窗

作品信息

作品类型：三等奖 · 新闻漫画
刊播单位：《新民晚报》
报送单位：中国新闻摄影学会
主创人员：孙绍波
编　　辑：郁晶陶
刊播版面：评论 6
首发日期：2017 年 6 月 16 日

作品简介

作品以漫画创作中常用的夸张、借代的绘画语言，讲述了西部山区乡村教师用自己的奉献精神为大山里的孩子打开一扇了解世界的窗的故事。

新媒体展示

使用手机扫描下方二维码，即可观看本条获奖作品的新媒体展示。

获奖理由

漫画用夸张的手法，表现了西部山区乡村教师为了孩子奉献青春的美好主题。

探寻传统媒体转型发展的“智库化道路”

作品信息

作品类型：三等奖·新闻论文
刊播单位：《青年记者》
报送单位：《光明日报》
主创人员：王斯敏、贾宇
编　　辑：黄馨茹
刊播版面：传媒透视 51—52
作品字数：3 890 字
首发日期：2017 年 6 月 10 日

作品简介

论文基于光明日报社建设新型高端媒体智库三个阶段层层递进的生动实践，就主流媒体打造新型媒体智库，实现智库建设与媒体核心竞争力提升相互促进、发展展开思考，既介绍了鲜活经验，又指出了不足，最后提出务实建议。

获奖理由

文章主题重大，特色鲜明，具有时代性、现实性、针对性。全文紧扣光明日报社智库建设的丰富实践，既总结提炼出可推广、可复制的成功经验，也对媒体智库化转型的问题与前景进行了深入思考，提出了具有普遍意义的对策建议。

新媒体展示

使用手机扫描下方二维码，即可观看本条获奖作品的新媒体展示。

努力提升藏语广播电视节目传播力和影响力

作品信息

作品类型:三等奖 · 新闻论文
刊播单位:《中国广播影视》
报送单位:青海省新闻工作者协会
主创人员:谭霖
刊播版面:第五期 93—95
作品字数:4 444 字
首发日期:2017 年 5 月 1 日

作品简介

作者通过深入细致的工作调研,以青海广播电视台为例,用翔实的数据和文字,理论联系实际,对如何提升藏语广播电视节目的传播力和影响力进行了全面的阐述和分析。

新媒体展示

使用手机扫描下方二维码,即可观看本条获奖作品的新媒体展示。

获奖理由

文章论述独到,数据翔实,既有实践探索,又有理论创新,具有较高的理论价值和现实意义。

重大国际性会议在地化舆论引导策略研究

作品信息

作品类型：三等奖・新闻论文
刊播单位：《东南传播》
报送单位：福建省新闻工作者协会
主创人员：郑文锦、朱鹏
编　　辑：肖玉平
刊播版面：传播视点一舆论引导 28—30
作品字数：5 968 字
首发日期：2017 年 9 月 20 日

东南传播
Southeast communication

作品简介

本文通过考察近年来部分在地化舆论引导实例，特别结合福建省以及厦门市的具体情况，运用社会学、传播学等研究手段，提出了在地化舆论引导的不同层次、基本特点以及在外宣领域的特殊要求，并给出了策略模式建议。

获奖理由

本文的研究对象是崭新的舆论引导领域，论文具有较强的针对性、独创性、系统性、可操作性和前瞻性，能够为承办地做好重大国际性会议在地化舆论引导，胜利完成在我国主场外交活动中所担负的相应任务提供可贵的专业性意见。

新媒体展示

使用手机扫描下方二维码，即可观看本条获奖作品的新媒体展示。

媒体应急直播报道的几个问题

作品信息

作品类型:三等奖 · 新闻论文
刊播单位:《新闻采编》
报送单位:山西省新闻工作者协会
主创人员:邢书良
编　　辑:耿建萍
刊播版面:专家谈新闻 08—11
作品字数:6 166 字
首发日期:2017 年 2 月 25 日

作品简介

媒体应急直播报道是社会应急救援工作不可缺少的部分,需要不断研究、时刻做好准备,要体现担当、正确引导、发出得当声音。此文对媒体应急直播报道的重要意义和规范化提出了切中肯綮的建议,极具可操作性。

新媒体展示

使用手机扫描下方二维码,即可观看本条获奖作品的新媒体展示。

获奖理由

这篇论文既有对新闻实践的总结,又有新闻理论方面的提升;既能给直播报道媒体有益的启迪,又为直播报道记者、导播、编辑提供了具有较强实用性和操作性的指导,值得媒体领导者和媒体应急突发事件报道参与者学习借鉴。

移动优先战略下，新媒体首发制的误区与提升路径

作品信息

作品类型：三等奖·新闻论文
刊播单位：《中国记者》
报送单位：浙江省新闻工作者协会
主创人员：陈建飞
编　　辑：张垒
刊播版面：新媒体 74—77
作品字数：5 248 字
首发日期：2017 年 12 月 1 日

作品简介

在移动优先战略下，越来越多的传统媒体推行新媒体首发制，但在实施过程中，发什么好，如何发好？本文作者分析了新媒体首发成为新闻传播常态的原因，总结了新媒体首发中存在的普遍性问题，并提出了应对建议和措施。

获奖理由

作者以问题为导向，对当前传统电视媒体在推行新媒体首发过程中遇到的普遍性问题做了总结，并结合实践经验开出"药方"，提出切实可行的应对之策。文章观点鲜明，论述严谨，对实际工作富有指导意义。

新媒体展示

使用手机扫描下方二维码，即可观看本条获奖作品的新媒体展示。

“青记”发展史

作品信息

作品类型:三等奖 · 新闻论文
刊播单位:《新闻前哨》
报 送 人:陈娟
主创人员:陈娟
编　　辑:李思辉、肖曜
刊播版面:学术百家 79—82
作品字数:5 980 字
首发日期:2017 年 11 月 1 日

作品简介

作者通过大量的史料研究、实地查访,并与范苏苏(范长江后人)等“青记后人”进行反复核实,掌握了丰富、翔实的第一手资料,系统归纳了“青记”的发展历程,对“青记”的性质和贡献进行了新的论证和总结。

新媒体展示

使用手机扫描下方二维码,即可观看本条获奖作品的新媒体展示。

获奖理由

本课题的研究既注重严肃性、严谨性,又有很强的历史纵深感,被业界权威专家评价为“青记”研究领域中“具有里程碑意义的研究”;被一些学者赞为迄今为止最全面、最完整、最深刻梳理“青记”发展历史的高价值成果。

破解中国学术话语的传播困境

作品信息

作品类型：三等奖·新闻论文
刊播单位：《新闻与写作》
报送单位：中国行业报协会
主创人员：冯建华
编　　辑：章淑贞
刊播版面：理论前沿 46—49
作品字数：4 971 字
首发日期：2017 年 9 月 5 日

作品简介

学术传播能力建设是繁荣发展哲学社会科学事业的重要内容，也将是展现中国大国文化自信和理论自信的重要端口。本文试着从五个层面构建学术传播的"辩证观"，力求为破解中国学术话语的传播困境提供一种思路或视角。

获奖理由

本文选题具有重大的现实意义和理论价值，论证严密，逻辑清晰，文字精练。作者紧扣主题，从辩证的视角分析学术传播的特质，使文章具有理论学术深度，对实际工作也有较大的参考价值，是一篇理论联系实际的佳作。

新媒体展示

使用手机扫描下方二维码，即可观看本条获奖作品的新媒体展示。

“顺势”与“逆势”下新一轮报纸副刊热剖析

作品信息

作品类型：三等奖 · 新闻论文
刊播单位：《中国报业》
报送单位：四川省新闻工作者协会
主创人员：赵晓梦
编　　辑：张晓燕
作品字数：5 729 字
刊播版面：特别策划 16—19
首发日期：2017 年 8 月 15 日

作品简介

论文指出，报纸副刊在有效处理“稳”“融”转型关系的大背景下，要进行内容结构的转型升级，既紧跟新闻，但又跳出新闻；要加强原创，做到独此一家；要突出特色，打造本土文化；要创新思维，与新媒体融合；要提升品质，留住新老读者。

新媒体展示

使用手机扫描下方二维码，即可观看本条获奖作品的新媒体展示。

获奖理由

在资讯传播渠道如此发达的当下，传统报纸靠什么来留住读者？这篇论文深刻剖析了移动互联网传播时代报纸副刊助力报纸内容转型升级的趋势与路径，强调报纸应通过文化副刊来创造价值阅读。

政治站位高 一线报道活 融合传播新

作品信息

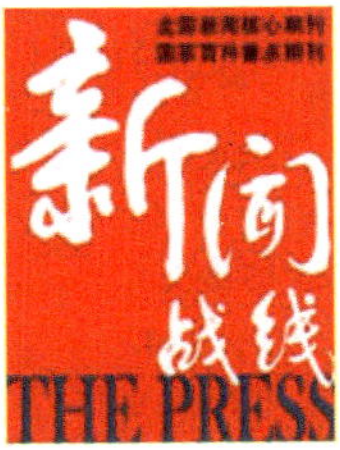

作品类型：三等奖·新闻论文
刊播单位：《新闻战线》
报送单位：江西省新闻工作者协会
主创人员：李旭、朱彦、骆辉
编　　辑：冷梅
作品字数：4 751 字
刊播版面：专题报道 17—19
首发日期：2017 年 12 月 1 日

作品简介

江西日报社站在牢固树立“四个意识”“四个自信”的政治高度，把做好党的十九大宣传报道工作作为检验党性忠诚与担当的政治任务，作为事关报社能力建设的头等大事，为大会胜利召开营造了浓厚的舆论氛围。

获奖理由

论文观点新颖：从诸多创新举措中，概括出政治站位高、一线报道活等观点；逻辑清晰：全文层次分明、结构合理；论证充分：观点和事例紧密结合；经验可学：从前后方联动等方面总结重大活动宣传报道的做法，具有可学性。

新媒体展示

使用手机扫描下方二维码，即可观看本条获奖作品的新媒体展示。

认真学习贯彻“11·7”重要讲话精神为党的十九大营造良好舆论氛围

作品信息

作品类型:三等奖·新闻论文
刊播单位:《海峡通讯》
报送单位:福建省新闻工作者协会
主创人员:蔡小伟
编　　辑:梅晓敏
作品字数:4 811 字
刊播版面:学习与思考 23—25
首发日期:2017 年 10 月 1 日

作品简介

党的媒体,党的新闻工作者,必须姓党,必须听党话、跟党走,坚决同以习近平同志为核心的党中央保持高度一致,这是大原则,须臾不能偏离。践行“四向四做”,根本在于旗帜鲜明地坚持党性原则,做到爱党、护党、为党。

新媒体展示

使用手机扫描下方二维码,即可观看本条获奖作品的新媒体展示。

获奖理由

该文紧密联系福建省新闻界学习贯彻习近平总书记“11·7”重要讲话精神的实际,刊发及时,形成立体传播,社会反响强烈,对总书记的讲话精神进行了有效宣传,为党的十九大召开营造了良好的舆论氛围。

我党新闻思想理论的创新发展

作品信息

作品类型：三等奖·新闻论文
刊播单位：《光明日报》
报送单位：广东省新闻工作者协会
主创人员：林如鹏、支庭荣
编　　辑：贾宇、王琎
刊播版面：理论第 11 版
首发日期：2017 年 6 月 9 日

光明日报

作品简介

在党的领导下，动员全国各族人民，调动各方面积极性，兼顾各方意愿，寻求最大公约数，凝聚共识，画好"同心圆"，掌握新闻舆论引导的主动权，广泛凝聚实现中华民族伟大复兴的正能量。

获奖理由

本文主题重大、视野开阔，观点鲜明、内涵丰富，结构清晰、文字凝练，在《光明日报》理论版刊登后，引起广泛关注和热烈反响，充分体现了作者敏锐的政治意识与扎实的研究功底，取得了良好的社会效应。

新媒体展示

使用手机扫描下方二维码，即可观看本条获奖作品的新媒体展示。

Changing China: The Hometown of Pandas Goes Global
(变革中的中国:熊猫故乡走向世界)

作品信息

作品类型:三等奖·国际传播
刊播单位:中国日报网
报送单位:中央网信办网络新闻信息传播局
主创人员:邢旭东、李秀鹏、张骁珊、张广腾、王艺诺
页面点击量:1.2 亿
首发日期:2017 年 10 月 17 日

CHINADAILY 中国日报网 .COM.CN

作品简介

作品紧扣“讲好中国故事,讲清中国道路”主题,深入“熊猫故乡”成都、雄安新区等地,用体验式的报道形式潜移默化地传递中国五大发展理念,展现五年来中国在五大发展理念引领下经济文化日益繁荣的良好局面。

新媒体展示

使用手机扫描下方二维码,即可观看本条获奖作品的新媒体展示。

获奖理由

该系列节目形式巧妙,以外国人的视角观察中国的发展成就,既展现了跨越时空、超越国度的中国文化和秀美景色,又巧妙展现了中国过去五年的发展变化,同时将当代中国的价值观念融汇其中,是对外讲好中国故事的标杆力作。

My Railway, My Story
(我的铁路我的梦)

作品信息

作品类型:三等奖·国际传播
刊播单位:肯尼亚国家电视台(KBC)
报送单位:周晓雄
主创人员:集体
作品时长:90 分
刊播频道:肯尼亚国家电视台 1 套黄金档
首发日期:2017 年 5 月 28 日

作品简介

中国在肯尼亚承建的蒙内铁路是中国“一带一路”倡议在非洲的重要成果,作品完整还原蒙内铁路建设历程,阐释中非合作共赢、共同发展的理念,展现中国对非正确义利观和“共商共建共享”的全球治理观。

获奖理由

话题针对性强,有力回击了西方媒体散布的中国在非洲扩张等谣言。积极尝试创新表达,用当地人自己的语言讲述中非合作故事。策划和制作手法独到,以小见大,故事生动、有代表性、说服力强,制作精良,效果明显。

新媒体展示

使用手机扫描下方二维码,即可观看本条获奖作品的新媒体展示。

大　湾

作品信息

作品类型：三等奖 · 国际传播
刊播单位：深圳广播电影电视集团
报送单位：广东省新闻工作者协会
主创人员：杜静、孙玲、佘云峰、李晓斌、陈楷
作品时长：13 分
刊播栏目：深圳卫视国际频道《传奇中国》
首发日期：2017 年 6 月 30 日

深圳广播电影电视集团

作品简介

拍摄小组跟踪拍摄香港 X 科技创业论坛、首届腾讯粤港澳湾区青年营、深圳高交会、全国双创周等相关重要新闻事件，获得了丰富、翔实、生动的第一手素材，对粤港澳大湾区的现状、前景给予了全面而深刻的阐释。

新媒体展示

使用手机扫描下方二维码，即可观看本条获奖作品的新媒体展示。

获奖理由

作品将全景描述和细节刻画相结合，多维度呈现粤港澳大湾区的生机与活力，让“粤港澳大湾区”这个舆论热词找到了与民众、城市和国家未来相连接的视觉通道，使得一个“高大上”的宏伟蓝图与人民对美好生活的愿景密切关联起来。

“洋河长”的山水梦

作品信息

作品类型：三等奖·国际传播
刊播单位：浙江电视台
报送单位：浙江省新闻工作者协会
主创人员：陆立、胡霜、罗子康、郑晓玲、费兴海
作品时长：14 分 18 秒
刊播栏目：国际频道《发现浙江》
首发日期：2017 年 12 月 17 日

作品简介

报道记录了一位生活在莫干山的“洋河长”和中国朋友的三次约会，展现了“洋河长”多莉守护绿水青山的感人故事。山水梦，既是“蓝天白云、青山绿水”的生态梦，也是“持久和平、共同繁荣”的世界梦。

获奖理由

湖州是习近平总书记“绿水青山就是金山银山”理念的诞生地，也是全国率先实行“河长制”的领跑地。莫干山“洋河长”的故事，是“两山”理念的生动实践，体现了“河长制”的创新，也是对“人类命运共同体”的阐释。

新媒体展示

使用手机扫描下方二维码，即可观看本条获奖作品的新媒体展示。

重庆老手艺

作品信息

作品类型:三等奖·国际传播
刊播单位:重庆广播电视集团(总台)
报送单位:重庆市新闻工作者协会
主创人员:集体
作品时长:9 分 20 秒
首发日期:2017 年 6 月 1 日至 6 月 30 日

作品简介

《重庆老手艺》内容主要包括两大类:第一,传统实用器物的制作;第二,传统食品的制作。节目以新闻专题片的形式展现给观众,以纪实手法为首选拍摄方式,以老手艺的制作流程为主要线索,节目与节目之间相对独立。

新媒体展示

使用手机扫描下方二维码,即可观看本条获奖作品的新媒体展示。

获奖理由

该系列专题片运用多种技术手段,将艺术性与科学性有机统一。从已播出的节目来看,《重庆老手艺》整体制作精良,对提高传统文化的国际传播力有积极作用。

守艺中华·泉州波斯故事

作品信息

作品类型：三等奖·国际传播
刊播单位：国际在线波斯文网
报送单位：中央网信办网络新闻信息传播局
主创人员：集体
页面点击量：653 650
首发日期：2017 年 8 月 30 日

作品简介

该专题用 5 个生动的视频，通过外国人亲身体验如少林功夫、德化白瓷、惠安石雕、泉州南音等当地的传统文化与手工技艺，以外国人的视角介绍了中国的传统文化与技艺之美，以及这些技艺在中国的传承情况。

获奖理由

页面简洁美观、形式多样、内容独具特色，展现了泉州的历史遗迹、传统文化。配合专题制作的适合社交及移动媒体传播的 H5 专页设计精美、形式新颖、内容丰富，引起海内外网友的极大关注，取得较好的传播效果。

新媒体展示

使用手机扫描下方二维码，即可观看本条获奖作品的新媒体展示。

十一世班禅额尔德尼·确吉杰布向海内外藏族同胞致以藏历新年祝福

作品信息

作品类型：三等奖·国际传播
刊播单位：中央人民广播电台
报送单位：中国广播电影电视社会组织联合会
主创人员：集体
作品时长：4 分 3 秒
刊播栏目：藏语广播、尼泊尔加德满都都市调频台以及博卡拉萨朗吉《全国新闻联播》《倾听乡音》
首发日期：2017 年 2 月 27 日

作品简介

中央人民广播电台录制了十一世班禅额尔德尼·确吉杰布 2017 年藏历新年祝词，于 2017 年 2 月 27 日先后在中央人民广播电台广播频率、网站上播发，并同时在尼泊尔加德满都都市调频台以及博卡拉萨朗吉调频台播出，影响广泛。

新媒体展示

使用手机扫描下方二维码，即可观看本条获奖作品的新媒体展示。

获奖理由

十一世班禅额尔德尼·确吉杰布具有较大的社会影响力，其发布的新年祝词是一份宝贵的声音历史资料。此节目对维护国家形象、促进民族团结、维护藏区稳定起到了较好的舆论引导作用。

中国领土主权绝不容侵犯

作品信息

作品类型：三等奖·国际传播
刊播单位：《解放军报》
报送单位：军委政治工作部宣传局
主创人员：钧声（刘化迪）
编　　辑：杜献洲
作品字数：1 188 字
刊播版面：要闻 04
首发日期：2017 年 8 月 3 日

作品简介

作者与相关部门联系，对此次印军非法越界和我方应对情况做到心中有数，并严格对照外交部和国防部相关口径，在批驳印方错误言行的同时，充分表达了人民军队的坚定意志，表明了“属于中国的领土，少一寸也不行”的鲜明态度。

获奖理由

作品刊登时正值中印两军在洞朗边境紧张对峙、我外交部发布相关立场文件之际，及时传达了我政府军队的严正立场。文章理据清晰、逻辑严密，批驳有理、有力，表达了人民军队坚决维护国家主权的坚定信心，有力配合了外交斗争。

新媒体展示

使用手机扫描下方二维码，即可观看本条获奖作品的新媒体展示。

悠悠图们江绵绵百年悲欢
——下马来姜宝今老奶奶一家的故事

作品信息

作品类型：三等奖 · 国际传播
刊播单位：《吉林朝鲜文报》
报送单位：吉林省新闻工作者协会
主创人员：金英子、沈英玉、金贞爱
作品字数：2 175 字、1 804 字、2 270 字
首发日期：2017 年 8 月 19 日至 8 月 24 日

作品简介

记者以百姓为视角，关注民生、民情，发掘到在下马来生息百年的姜宝今老奶奶一家的故事，以点带面、以小见大，道出在中国共产党的领导下走上幸福之路的姜宝今老奶奶一家的家族百年史。

新媒体展示

使用手机扫描下方二维码，即可观看本条获奖作品的新媒体展示。

获奖理由

该作品主题鲜明、结构完整、故事性强、引人入胜，用以点带面、以小见大的描写手法叙述姜奶奶结束苦难生活、翻身做主人、祖孙四代人在中国共产党的领导下走上幸福之路的家族百年史。

厦门渔民阮过水：漫漫回家路 船过水无痕

作品信息

作品类型：三等奖·国际传播
刊播单位：厦门广播电视集团
报送单位：福建省新闻工作者协会
主创人员：杨絮、邵琦、颜学佳、陈文国、张涛
作品时长：7 分 58 秒
刊播栏目：厦门卫视《两岸新新闻》
首发日期：2017 年 12 月 10 日

作品简介

记者以敏锐的触角和社会责任感挖掘到了身边普通人物的故事，于细微处凸显了两岸亲情、文化割不断的宏大主题。通过讲述大时代背景下小人物悲欢离合的命运，展现了两岸亲人日夜思念、隔海相望的感人故事。

获奖理由

全篇报道采访扎实，叙事完整、生动，采访对象阮过水质朴实在，以一个人物表现两岸隔绝给人民造成的伤痛。报道语言巧用双关语，结语与主标题双关，具有概括性，也是点睛之语。

新媒体展示

使用手机扫描下方二维码，即可观看本条获奖作品的新媒体展示。

来自香港的礼物
——健康快车 20 年纪事

作品信息

作品类型：三等奖・国际传播
刊播单位：中国国际广播电台
报送单位：北京市新闻工作者协会
主创人员：曹军生、洪新、戴蔚然、崔英杰
作品时长：13 分 10 秒
刊播栏目：全球华语广播《今日北京》
首发日期：2017 年 12 月 24 日

CRI
中国国际广播电台
CHINA RADIO INTERNATIONAL

作品简介

北京电台已持续关注这一活动近 10 年，主创人员重点关注了健康快车全年的公众开放日、发车仪式、年度座谈会、年度表彰会，通过跨地域、超时空的持续关注，采集大量生动感人的音响素材，最终形成这则感人至深的报道。

新媒体展示

使用手机扫描下方二维码，即可观看本条获奖作品的新媒体展示。

获奖理由

这是一期主题重大、内容翔实的节目，体现了祖国内地与香港民众之间的真挚情感。记者在众多资料中精选能打动人心的细节和故事，充分发挥广播节目的特点，报道音响丰富，制作考究，以声传情、以情动人，播出后社会反响强烈。

能吃的葡萄叶子

作品信息

作品类型:三等奖·国际传播
刊播单位:中国国际广播电台
报送单位:新疆维吾尔自治区新闻工作者协会
主创人员:胡晓龙、孙雪、宋薇、李芳
作品时长:9 分 57 秒
刊播栏目:华语环球广播《中国之窗·全景中国》
首发日期:2017 年 6 月 7 日

中国国际广播电台
CHINA RADIO INTERNATIONAL

作品简介

作品通过丰富的音响、生动的细节描述,报道了主人公开拓新市场,带动村民将葡萄叶变成食品,实现致富的精彩故事,让听众感受到中国普通农民通过奋斗改变生活的创新精神,是一部符合国外听众收听习惯的优秀外宣作品。

获奖理由

该作品讲述吐鲁番企业深加工葡萄叶开拓国际市场,让农民开阔了眼界,激发了他们脱贫致富的信心,展示了当地利用优势产业帮助农民精准脱贫的生动实践。视角新颖,内涵丰富,音响生动。

新媒体展示

使用手机扫描下方二维码,即可观看本条获奖作品的新媒体展示。

庆祝自治区成立70周年《守望相助七十载 幸福内蒙古》

作品信息

作品类型：三等奖·国际传播
刊播单位：内蒙古广播电视台
报送单位：内蒙古自治区新闻工作者协会
主创人员：集体
作品时长：3 分 56 秒
首发日期：2017 年 7 月 1 日至 8 月 22 日

作品简介

作品通过记者所见所闻并以数字、图片的今昔对比反映 70 年来内蒙古的发展变迁，集中展示了自治区成立 70 年来特别是党的十八大以来在民族团结、农牧业、新农村牧区建设、民生改善、文化繁荣、民族教育等多领域取得的显著成就。

新媒体展示

使用手机扫描下方二维码，即可观看本条获奖作品的新媒体展示。

获奖理由

该报道形式多样，有点有面有亮点，灵活运用了记者现场、人物故事、背景链接、幸福感言、记者感言等多种形式，让成就性报道看上去新颖、醒目、不枯燥。

共筑命运共同体 农业援外在行动
——援外农业专家风采

作品信息

作品类型:三等奖·国际传播(系列报道)
刊播单位:《农民日报》
报送单位:中央部委专业报初评委员会
主创人员:集体
作品字数:1 392 字、2 035 字、1 015 字
首发日期:2017 年 8 月 8 日至 12 月 19 日

農民日報

作品简介

文章紧紧围绕习近平主席“人类命运共同体”理念,讲述援外农业专家的故事,是构建人类命运共同体的生动体现。国内媒体首次系统聚焦援外农业专家这个群体,力求通过把握大与小的几组关系讲好中国故事。

获奖理由

该系列文章抓住小切口凸显大主题,深刻诠释构建“人类命运共同体”的大国担当。文章具有较强的政治敏锐性、新闻敏感性和文字感染力,是落实习近平总书记所要求的讲好中国故事的典范和媒体融合的生动实践。

新媒体展示

使用手机扫描下方二维码,即可观看本条获奖作品的新媒体展示。

光阴的故事
——中越情谊

作品信息

作品类型：三等奖·国际传播（纪录片）
刊播单位：中央电视台
报送单位：广西新闻工作者协会
主创人员：集体
作品时长：96 分
刊播栏目：中央电视台中文国际频道特别栏目
首发日期：2017 年 11 月 12 日

CCTV 中国中央电视台

作品简介

该作品讲述的是 60 多年前，一万多名越南师生在中国广西生活和学习的故事，揭秘了 20 世纪 50 年代初至 70 年代初越南在中国南宁、桂林两地开办学校的尘封多年的历史。纪录片由两国合拍，兼顾两国视角；题材重大，影响深远。

新媒体展示

使用手机扫描下方二维码，即可观看本条获奖作品的新媒体展示。

获奖理由

该片通过深入挖掘、整理史料，将由两国老一辈领导人亲手缔造的友谊成果展现于世人面前。该片用夹叙夹议的手法再现历史情景，重温一代人关于中越友谊的集体记忆。该片的合作拍摄和播出是两国媒体人深入合作的典范，极具感染力。

《中国日报》要闻 7（英文）

作品信息

作品类型：三等奖·国际传播
刊播单位：《中国日报》
报送单位：中国新闻漫画研究会
主创人员：田驰、杨柳、张之豪
刊播版面：要闻 7
首发日期：2017 年 8 月 1 日

作品简介

在中国人民解放军建军 90 周年之际，《中国日报》推出“和平之师”专题报道，突出对外角度，集中展示了我军参与联合国维和行动 27 周年、中国海军护航编队 10 年来的重要成就。

获奖理由

在联合国维和 70 周年到来之际，此版集中呈现了中国在国际维和行动中的巨大贡献和伟大成就。该版突出对外报道角度，通过大量数据信息和可视化手段，展示我国海军护航编队 10 年来的重要成就，展现了中国的国际担当。

新媒体展示

使用手机扫描下方二维码，即可观看本条获奖作品的新媒体展示。

筑梦可可西里

作品信息

作品类型：三等奖 ·.国际传播（专题）
刊播单位：德国萨沃电视台
报送单位：北京市新闻工作者协会
主创人员：孙志远、潘旭
作品时长：27 分 02 秒
刊播栏目：《北京之夜》
首发日期：2017 年 9 月 8 日

SalveTV GmbH

作品简介

本片通过记录杂志编辑孙燕初深入可可西里工作站，参与到工作人员的日常工作中，感受他们为保护这一方净土所付出的常人难以想象的辛劳的过程，真实地展现可可西里工作人员几十年如一日为保护可可西里所作的贡献。

新媒体展示

使用手机扫描下方二维码，即可观看本条获奖作品的新媒体展示。

获奖理由

该纪录片主题重大，内容生动，可看性强，在国外播出后引起极大关注，获得很好的传播效果。该片作者深入可可西里工作站，真实地展现可可西里工作人员为保护可可西里所作的贡献，用生动鲜活的画面展示了可可西里的大美景象。

刻度上的五年

作品信息

作品类型：三等奖·国际传播（网络专题）
发布平台：人民日报官方微博、微信公众号、客户端，人民网官方微博，人民日报中央厨房官方微博，全国党媒信息公共平台
报送单位：四川大学
主创人员：集体
首发日期：2017 年 10 月 16 日

人民日报

作品简介

为迎接党的十九大，人民日报社推出《刻度上的五年》系列融媒体产品，包括人民日报社首部三维动画片、H5 小游戏、电子画册、特刊报道等。该专题用新鲜的表达、新潮的技术展现了这五年间中国的成就，在海内外引起热烈反响。

获奖理由

《刻度上的五年》主题重大，紧扣党的十九大这一重要主题打造精品，彰显了主流媒体的担当。该专题采用国际流行的三维动画技术，巧妙选取了“刻度尺”这一叙事框架，串联起五年成就，创新了主旋律报道的表达方式，让国际受众更易接受。

新媒体展示

使用手机扫描下方二维码，即可观看本条获奖作品的新媒体展示。

China to Jump Supercomputer Barrier
(中国突破超级计算机技术壁垒)

作品信息

作品类型：三等奖 · 国际传播(信息)
刊播单位：《中国日报》
报送单位：《中国日报》
主创人员：张之豪、张敏
编　　辑：朱喆
作品字数：381 字
刊播版面：要闻 1
首发日期：2017 年 2 月 20 日

作品简介

《中国日报》记者在 2017 年 2 月经过自主策划，专访了国家超级计算机天津中心应用研发部部长、"天河一号"计算机技术骨干孟祥飞，首次用英文向外界报道了中国超算科技的真实发展水平和发展方向。

新媒体展示

使用手机扫描下方二维码，即可观看本条获奖作品的新媒体展示。

获奖理由

该稿件是《中国日报》针对超级计算机这一"国之重器"进行自主策划的新闻。采编团队精准对标国际社会关切，及时宣传我国科技进步成果，在国际上彰显了中国在超算领域的领先实力。报道主动引导国际舆论，回应了西方唱衰我科技实力的攻击。

2017 “丝绸之路品牌万里行”

作品信息

作品类型：三等奖·国际传播（系列报道）
刊播单位：陕西广播电视台
报送单位：陕西省新闻工作者协会
主创人员：胡瑜涛、党辉、房子博、秦雯、靳尚怡
作品时长：4 分 10 秒
首发日期：2017 年 8 月 28 日至 11 月 11 日

作品简介

大型文化经贸交流全媒体活动——2017“丝绸之路品牌万里行”由陕西卫视联合甘肃卫视、广西卫视、东南卫视等丝路国际卫视联盟台联合推出，媒体团途经 18 个国家，连续 50 余天不间断对活动进行全方位、多角度的报道。

获奖理由

该连续报道形式多样、内容丰富，深入“一带一路”沿线国家进行体验报道，融国际经贸交流活动与当地文化民风民情体验于一体，使观众从宏观到微观对沿途国家有更立体的认识，促进国家间的民心相通。

新媒体展示

使用手机扫描下方二维码，即可观看本条获奖作品的新媒体展示。

Jicho la CRI
(《如是说》)

作品信息

作品类型:三等奖·国际传播
刊播单位:中国国际广播电台
报送单位:彭睿
主创人员:集体
刊播频道:内罗毕 FM91.9、蒙巴萨 FM103.9、达累斯萨拉姆 FM94.5、桑给巴尔 FM99.7 等
首发日期:2016 年 5 月 21 日

中国国际广播电台
CHINA RADIO INTERNATIONAL

作品简介

中国国际广播电台斯瓦希里语部为东非调频制作了一档关注中非热点新闻话题的评论型专题栏目《如是说》,节目策划围绕东非受众关注度高的话题,由主持人与评论嘉宾通过“摆事实”“讲道理”,对话题进行充分解析,紧扣中国价值观这一传播核心。

新媒体展示

使用手机扫描下方二维码,即可观看本条获奖作品的新媒体展示。

获奖理由

《如是说》栏目主创团队精品意识强,坚持节目原创性,紧跟热点,话题广泛,评议结合,主动进行议题设置,充分展现中国立场、中国智慧;注重话题贴近性、针对性和评论平衡性。栏目通过新媒体平台与受众积极互动。

“苏区”脱贫攻坚彰显山东力量 红都瑞金长出绿色“寿光菜”

作品信息

作品类型：三等奖·国际传播（通讯）
刊播单位：《大众日报》
报送单位：山东省新闻工作者协会
主创人员：马章安
编　　辑：徐玉芬、武宗义
作品字数：2 135 字
刊播版面：国际日报 8
首发日期：2017 年 9 月 9 日

大眾日報

作品简介

作者多次到瑞金农业园区等地采访，到新闻现场调查，与农民朋友共话桑麻，并多次补充采访，订正事实。作品彰显了老区群众脱贫攻坚的力量，展示了山东人民乃至中国人民急公好义、帮贫扶弱的良好形象。

获奖理由

该文是《大众日报》“走转改”活动的重要成果之一。它从讲故事入手，以蔬菜产业扶贫为主线。作者利用调查取得的第一手资料，从一个侧面生动形象地反映了山东、江西人民乃至中国人民脱贫攻坚的伟大实践和巨大成效。

新媒体展示

使用手机扫描下方二维码，即可观看本条获奖作品的新媒体展示。

绝壁舞者——捅山工，这是一个你闻所未闻的职业

作品信息

作品类型：三等奖 · 融媒短视频
刊播单位：中国青年报客户端
报送单位：中国记协新媒体专业委员会
主创人员：集体
作品时长：5 分 40 秒
首发日期：2017 年 5 月 3 日

作品简介

张磊是郑州铁路局月山工务段的一名捅山工，他“行走”在悬崖峭壁间，充满惊险和艰辛。这样的工作默默无闻，却在背后守护着无数人的生命安全，令人肃然起敬。本片采用高清升格降格拍摄，用户观看视频时如身临其境，震撼人心。

新媒体展示

使用手机扫描下方二维码，即可观看本条获奖作品的新媒体展示。

获奖理由

张磊是捅山工中的一名 90 后男孩，他初入社会的懵懂以及经受磨砺后明确方向并积极进取的故事，让青年观众产生共鸣，激励青年人努力奋斗。节目以人为本，大胆创新，突出细致的情感，以精致的观赏效果吸引青年人的关注。

拉孜姑娘创业记

作品信息

作品类型：三等奖・融媒短视频
刊播单位：中国西藏之声网
报送单位：中国记协新媒体专业委员会
主创人员：邢兵帅、唐承扬、普穷、王君、侯晓燕、孙汝文
作品时长：4分29秒
刊播版面：要闻1转2
首发日期：2017年7月15日

作品简介

《拉孜姑娘创业记》短视频新闻由西藏自治区重点新闻门户网站——中国西藏之声网制作推出。通过短视频新闻与微纪录的形式讲述了在“双创”时代背景下，西藏自治区日喀则市拉孜县青年次央的创业故事。

获奖理由

《拉孜姑娘创业记》通过各知名微信公众号、微博“大V”以及腾讯、爱奇艺、优酷等国内各大商业网站进行推广。据不完全统计，微视频《拉孜姑娘创业记》推出24小时内，点击量近1.5万次；推出48小时后，点击量近6万次。

新媒体展示

使用手机扫描下方二维码，即可观看本条获奖作品的新媒体展示。

28 年的相守，终于迎来了这一天

作品信息

作品类型：三等奖 · 融媒短视频
发布平台：中国邮政报微信公众号
报送单位：中国记协新媒体专业委员会
主创人员：张巨睿、陈颢月、王勤东、
毛志鹏、万多多
作品时长：7 分
首发日期：2017 年 9 月 28 日

作品简介

其美多吉在这条有“雪线邮路”之称的邮路上跑了整整 28 年，平均每月要翻越雀儿山 20 余次，默默地坚守与奉献。摄制组同其美多吉和他的弟兄们最后一次行驶在这条雀儿山路上，感受着路况艰险的同时，也为他们这种英雄般的气概所折服。

新媒体展示

使用手机扫描下方二维码，即可观看本条获奖作品的新媒体展示。

获奖理由

该作品内容真实，情感丰富，选题以小见大，以其美多吉和他的同事在雀儿山隧道的生动影像记录，展现邮政人忠实履行普遍服务职责的坚守与奉献，同时也从侧面反映出雀儿山隧道开通的重大意义和十八大以来我国交通建设的成果。

《中国3分钟》之《回归20载“一国两制”为香港插上双翼》(英文)

作品信息

作品类型:三等奖·融媒短视频
发布平台:中国网App,中国网、中国3分钟微信公众号,chinamosaic,china.org.cn,trending in china
报送单位:中国记协新媒体专业委员会
主创人员:集体
作品时长:4分39秒
首发日期:2017年6月30日

作品简介

《中国3分钟》是一档由中国网打造的3分钟时事英语短评周播节目,定位为对外传播。中国网总编辑王晓辉联手各领域权威专家,及时聚焦海外媒体和网友普遍关注的、与中国密切相关的国内外热点事件,通过“马赛克式”的展示,回应国际关切。

获奖理由

《中国3分钟》通过刚柔并济的选题,及时表达中国观点,讲述中国故事,在国际舆论场发出中国声音。在重大问题上维护国家主权,在情感上吸引更多海外受众对中国的关注,为我国树立良好国际形象。

新媒体展示

使用手机扫描下方二维码,即可观看本条获奖作品的新媒体展示。

修复时光

作品信息

作品类型：三等奖 · 融媒短视频
发布平台：陕西头条客户端
报送单位：中国记协新媒体专业委员会
主创人员：潘南冰、刘轩辰、梁欣、王慧、张珂、沈奕
作品时长：3 分 43 秒
首发日期：2017 年 12 月 27 日

作品简介

《修复时光》短视频讲述了 92 岁高龄的陈绍霖老先生在 20 世纪 60 年代响应国家“三线建设”号召，从上海“西迁”到西安市子午钟表厂工作，退休后 20 多年里仍坚持为群众修表的故事。

新媒体展示

使用手机扫描下方二维码，即可观看本条获奖作品的新媒体展示。

获奖理由

《修复时光》中的陈绍霖老先生把对自己本职工作长达 77 年的热爱，用质朴的语言，亲切自然地娓娓道来，阐释了他对工匠精神和奉献精神的理解和践行。视频节奏舒缓流畅，时长虽短，但主题明确，是一部润物无声的正能量短片。

旗

作品信息

作品类型：三等奖·融媒短视频
发布平台：大河（大河客户端）
报送单位：中国记协新媒体专业委员会
主创人员：集体
作品时长：8 分 32 秒
首发日期：2017 年 10 月 16 日

作品简介

《旗》讲述了一心为民、为脱贫攻坚不遗余力的驻村第一书记，梦想做指挥家的小女孩，在郑州打拼的女白领，为国争光的武术运动员等四个人物因为两场快闪、一面旗帜、一首《歌唱祖国》而情怀交融、心灵相通的故事。

获奖理由

微电影《旗》上线不到 24 小时，全网点击量已突破 150 万。郑州市近百块街头大屏上、郑州铁路局 8 辆重点列车上、机场集团的工作大屏上，都播放了该片，使得该片获得了良好的社会效果。

新媒体展示

使用手机扫描下方二维码，即可观看本条获奖作品的新媒体展示。

清明时节捏面燕 忆故人寄相思

作品信息

作品类型：三等奖·融媒短视频
发布平台：央视微博秒拍、央视微博、央视新闻客户端、掌上吕梁客户端
报送单位：中国记协新媒体专业委员会
主创人员：薛琨、郭月秀、杜建勇、张旭峰、张英英、曹莹
作品时长：2 分 29 秒
首发日期：2017 年 4 月 3 日

作品简介

本台总编辑与央视新闻移动网《清明美食》节目组多次沟通，就此题材做了周密策划，派记者走进当地农村家庭，跟拍一天，采访了捏面燕的传承人，详细了解其工艺、制作过程以及传承的意义。

新媒体展示

使用手机扫描下方二维码，即可观看本条获奖作品的新媒体展示。

获奖理由

该片通过纪实的拍摄手法，清新雅致的表现风格，展示了这一独具特色的民间文化。短片在新媒体首发，传统媒体跟进播出，融合传播效果好。这是中央级媒体与地方媒体联动融合传播的典型范例，具有示范意义。

超燃！俯瞰超级工程“川藏第一桥”159米隧道锚世界第一

作品信息

作品类型：三等奖·融媒移动直播
发布平台：封面新闻 App
报送单位：中国记协新媒体专业委员会
主创人员：李鹏、方埜、余行、崔燃、李智、邓景轩、李俊雅、胡瑶
作品时长：1 时 26 分 47 秒
首发日期：2017 年 5 月 24 日

作品简介

弘扬时代主旋律，深入践行“走转改”。2017 年 5 月，“云端天路”——雅康高速的施工正如火如荼。直播报道注重精心编导，注重在线互动，通过专业细致的讲解，引来全国网友为大国工程点赞，为国家发展点赞。

获奖理由

该直播策划周密、安排缜密，充分运用了航拍、云切换等视频直播技术进行直播；聚焦大国工程，传播效果好，用接地气的画面语言引发网友和读者共鸣；在多个直播平台进行推广，传播范围广泛。

新媒体展示

使用手机扫描下方二维码，即可观看本条获奖作品的新媒体展示。

红色追寻·足迹——上海：国之重器大揭秘

作品信息

作品类型：三等奖·融媒移动直播
发布平台：新华社客户端
报送单位：中国记协新媒体专业委员会
主创人员：集体
作品时长：1 时
首发日期：2017 年 9 月 23 日

作品简介

2017 年 9 月 17 日至 26 日，新华社独家推出“迎接十九大”大型系列网络直播报道《红色追寻·足迹》。这是新华社也是国内首次以连续多场移动直播方式完成关于总书记的重大题材报道。

新媒体展示

使用手机扫描下方二维码，即可观看本条获奖作品的新媒体展示。

获奖理由

该直播是新华社“迎接十九大”独家大型系列网络直播。报道团队在 8 天内回访习近平总书记 2012 年至 2017 年 5 年间在国内考察的 8 个省市并完成 8 场直播。新华社充分发挥融合报道及总分社联动机制，实现可视化传播，在网络空间引起巨大反响。

听，长江说！

作品信息

作品类型：三等奖·融媒互动
发布平台：湖北官方新闻政务客户端“长江云”
报送单位：中国记协新媒体专业委员会
主创人员：曹曦晴、马丽、周密、王超、董延超、李昕、金若晗
首发日期：2017年1月21日

作品简介

该作品以习近平总书记讲话精神为总基调，对其主要内容进行高度提炼；运用拟人的手法，以长江为第一人称，通过打开话匣子这样的创意模型，巧妙地将作品设计成一款答题游戏。

获奖理由

该作品立意深远、形式新颖，技术架构复杂，互动流畅有趣。该作品一经推出即引发现象级传播，在社会各界引起了广泛响应，掀起了一股“保护长江生态，推进绿色发展”的舆论热潮，被全国各大门户网站转载。

新媒体展示

使用手机扫描下方二维码，即可观看本条获奖作品的新媒体展示。

国家公祭日新媒体互动 H5 项目

作品信息

作品类型：三等奖 · 融媒互动
发布平台：江苏交通广播网微信公众号
报送单位：中国记协新媒体专业委员会
主创人员：黄信、潘力、孙锴、张雷、耿佳、
罗方、施展
首发日期：2017 年 12 月 12 日

作品简介

江苏交通广播网以 H5 新媒体互动页面的形式，开展“不忘历史，祈祷和平”在线点亮蜡烛的活动。H5 页面以在朋友圈“在线点亮蜡烛”为形式，在分享页面中加入地点和参与人数，多机构融合传播、多点触发。

新媒体展示

使用手机扫描下方二维码，即可观看本条获奖作品的新媒体展示。

获奖理由

作品牢牢把握网络传播规律，把弘扬社会主义核心价值观的理念渗透到作品中，通过“为南京大屠杀死难者点亮蜡烛”的互动方式，唤起公众的情感共鸣，成为网络传播现象级经典案例。

我为港珠澳大桥完成了“深海穿针”

作品信息

作品类型：三等奖·融媒互动
发布平台：珠海特区报 App、珠海特区报微信公众号、珠海邻新闻微信公众号、珠海发布微信公众号
报送单位：中国记协新媒体专业委员会
主创人员：陈嘉平、金阁、伍洲
首发日期：2017 年 5 月 2 日

珠海特区報
ZHUHAITEQUBAO

作品简介

2017 年 5 月 2 日，港珠澳大桥沉管隧道最终接头安装成功。为了记录这一世纪工程的关键战役，珠海特区报新媒体中心运用 H5 技术，推出 H5 小游戏。该游戏通过互动，模拟了最终接头出坞运输、放缆下水以及最终对接等过程。

获奖理由

这是珠海媒体第一次将 H5 小游戏应用到重大新闻事件的报道中。作品亦为本次超级工程的整体报道增添了一抹亮色，为珠海特区报新媒体中心在今后的重大事件报道中丰富报道形式、拓宽报道维度提供了鲜活的案例。

新媒体展示

使用手机扫描下方二维码，即可观看本条获奖作品的新媒体展示。

夜 读

作品信息

作品类型：三等奖·融媒栏目

发布平台：央视新闻客户端、央视新闻移动网、央视新闻微信公众号、央视新闻官方微博

报送单位：中国记协新媒体专业委员会

主创人员：集体

创办日期：2013 年 4 月 19 日

作品简介

《夜读》系央视新闻新媒体品牌文化栏目，每晚十时推送一期人文作品，以弘扬中华优秀传统文化、传递社会主义核心价值观、展现新时代真善美为创作初心，以时下新闻切入，以散文、随笔、诗词等多样的文艺作品揭示主题。

新媒体展示

使用手机扫描下方二维码，即可观看本条获奖作品的新媒体展示。

获奖理由

央视新闻微信公众号原创品牌《夜读》创办于 2013 年，之后逐步确立为央视新闻新媒体夜读品牌。2015 年《夜读》栏目日常化，结合当天新闻，推出与新闻相关的名家精品文章，在新媒体微信公众号中独树一帜，成为新闻导向类夜读的最佳品牌。

《三·联》原创栏目

作品信息

作品类型：三等奖·融媒栏目
发布平台：羊城派移动客户端、金羊网、羊城晚报两微
报送单位：中国记协新媒体专业委员会
主创人员：孙璇、孙朝方、郑华如、鲁钇山、夏杨、钟传芳、谢杨柳
创办日期：2014年3月15日

作品简介

该栏目是羊城晚报新媒体中心着力打造的优质原创内容产品，其展开的三条主线包括以“街谈巷议”等为代表的“生活”，以“酱紫FM”等为代表的“读书”，以“说闻解事”等为代表的“新知”。栏目瞄准移动传播平台，坚持正确舆论导向。

获奖理由

《三·联》原创栏目是羊城晚报新媒体中心精心打造的品牌栏目，栏目内容围绕“生活”“读书”“新知”三条主线展开。《三·联》原创栏目的创新探索对于目前报业集团的媒体融合转型具有深刻的指导意义与参考价值。

新媒体展示

使用手机扫描下方二维码，即可观看本条获奖作品的新媒体展示。

经济日报微信公众号“财经早餐”

作品信息

作品类型：三等奖 · 融媒栏目
发布平台：经济日报微信公众号
报送单位：中国记协新媒体专业委员会
主创人员：陈发宝、乔申颖、王玥、王琳、李盛丹歌、万政、丁鑫
创办日期：2015 年 5 月 28 日

经济日報

作品简介

经济日报微信公众号“财经早餐”创办于 2015 年，主要汇集 24 小时内重要新闻特别是财经资讯，是传统主流媒体中创办最早的早新闻资讯集纳栏目。该专栏分“大事”“政策”“市场”“环球”“生活贴士”“经济课堂”等版块。

新媒体展示

使用手机扫描下方二维码，即可观看本条获奖作品的新媒体展示。

获奖理由

“财经早餐”以“立足时政要闻、突出财经特色、凸显全球视角”为定位和目标，通过对 24 小时内发生的新闻信息的筛选和编辑，并依托《经济日报》记者的第一手消息，为读者呈现丰富、优质的新闻内容。

中国宁波网《民生 e 点通》

作品信息

作品类型：三等奖·融媒栏目
发布平台：宁波日报报业集团甬派客户端、中国宁波网
报送单位：中国记协新媒体专业委员会
主创人员：集体
创办日期：2013 年 9 月 26 日

作品简介

宁波日报报业集团以中国宁波网一百余万注册网民为依托，采用报、网、端融合的方式，推出《民生 e 点通》栏目。自开通以来，《民生 e 点通》已受理、处置网友投诉、建议、咨询、求助近 15 万条，受理回复率 97%以上，解决率 75%以上。

获奖理由

该栏目以网络民生问政与网络公益互助为两大抓手，通过公平、客观和建设性的媒体融合传播，打造了一个政府、网民、媒体三方良好互动的开放性平台，为传递民声、化解民怨、促进政民沟通、助力社会和谐文明、营造当地的清朗网络氛围作出了积极的贡献。

新媒体展示

使用手机扫描下方二维码，即可观看本条获奖作品的新媒体展示。

"下文"客户端互动式报道
——以《下文@所有人:尝尝第一份高铁外卖》为例

作品信息

作品类型:三等奖·融媒界面
发布平台:"下文"客户端
报送单位:中国记协新媒体专业委员会
主创人员:集体
首发日期:2017 年 7 月 17 日

下文

作品简介

报道抓住热点当天发出,以交互式问答的方式第一时间为读者奉上详细信息。报道还提供了标注来源的可靠外链,以及海量信息的人工智能界面,以供延伸阅读。读者可在获取核心事实的基础上,自行决定获取多少额外信息。

新媒体展示

使用手机扫描下方二维码,即可观看本条获奖作品的新媒体展示。

获奖理由

《下文@所有人:尝尝第一份高铁外卖》聚焦 2017 年 7 月 17 日推出的高铁外卖服务,切中民生关注点,界面清新、具有"科技范",对话新闻有颠覆,定制采访接地气,将新媒体形式创新与优质新闻内容、"走转改"精神融合在一起。

永远的"红色文艺轻骑兵"

作品信息

作品类型:三等奖·融媒界面
发布平台:正北方网客户端
报送单位:中国记协新媒体专业委员会
主创人员:集体
首发日期:2017 年 12 月 15 日

正北方网
www.northnews.cn

作品简介

2017 年 11 月 21 日,习近平总书记给内蒙古苏尼特右旗乌兰牧骑队员们回信,勉励他们努力创作更多接地气、传得开、留得下的优秀作品。正北方网推出了系列新媒体产品,其中《永远的"红色文艺轻骑兵"》可圈可点,亮点突出。

获奖理由

创作团队用沙画视频的形式呈现了乌兰牧骑 60 年来服务基层农牧民的感人故事。采编人员拍摄的沙画视频画面唯美、故事感人。制作团队又将视频进行技术处理,二次加工制作成动图,编辑成体验感更好的 H5 作品。

新媒体展示

使用手机扫描下方二维码,即可观看本条获奖作品的新媒体展示。

VR|3D 全景“新时代湖北讲习所”

作品信息

作品类型：三等奖·融媒界面
发布平台：湖北官方新闻政务客户端“长江云”
报送单位：中国记协新媒体专业委员会
主创人员：集体
首发日期：2017 年 12 月 1 日

作品简介

该作品采用实景、虚拟结合的方式，突出空间立体感。外观上保持了武昌农讲所的建筑风格，内部展厅则各有特色，汇集了习近平新时代中国特色社会主义思想经典原文原声。可以随意切换的四大学习场馆，让这所“掌上学校”真实感强烈。

新媒体展示

使用手机扫描下方二维码，即可观看本条获奖作品的新媒体展示。

获奖理由

作品遵循了三维传播法，用线上与线下的联动、现实与虚拟的融合、内容与情境的共构，抓住了“学习”的兴趣点和内容要素，形成了系列活动的大产品网。

“一带一路”睡前故事系列视频

作品信息

作品类型：三等奖·融媒创新
发布平台：China Daily 中国日报网、China Daily 中国日报客户端、China Daily 中国日报官方微博、中国日报双语新闻微信公众号、中国日报微信公众号、China Daily 微信公众号
报送单位：中国记协新媒体专业委员会
主创人员：集体
首发日期：2017 年 5 月 8 日

作品简介

作品以《中国日报》外籍记者艾瑞克为女儿每天讲述一个睡前故事的方式，以口语化的表达和充满创意的形式阐述“一带一路”倡议，以寓教于乐的表现形式将国际时政融入睡前故事之中，显著降低了“一带一路”话题的接受门槛。

获奖理由

视频以一位美国父亲为小女儿讲述睡前故事的亲子对话形式在众多同类报道中脱颖而出。该系列报道具有特别的亲和力，显著地提升了相关报道内容的话题性，以契合社交媒体的传播规律，适应海外受众的接受习惯。

新媒体展示

使用手机扫描下方二维码，即可观看本条获奖作品的新媒体展示。

“中国人权纪实·2017”中外媒体联合采访报道

作品信息

作品类型：三等奖·融媒创新

发布平台：法语、德语、西班牙语、葡萄牙语、意大利语、世界语、希腊语等国际在线、中华网外文网站、境外社交媒体平台、海外落地电台、合作媒体、微博微信客户端、人权纪实多语种脸书专页、人权纪实中法 App

报送单位：中国记协新媒体专业委员会

主创人员：集体

首发日期：2017 年 3 月 30 日

作品简介

“中国人权纪实·2017”中外媒体联合采访报道在报道内容、报道形式、传播渠道等方面有较大的突破和创新，传播效果好，社会影响大。共推出了 60 多篇视频报道，以受众喜爱的图片和视频方式将相关报道进行推送。

新媒体展示

使用手机扫描下方二维码，即可观看本条获奖作品的新媒体展示。

获奖理由

“中国人权纪实·2017”中外媒体联合采访报道在多语种多媒体平台播出后，受到海外受众的广泛关注，阅读点击量不断走高，展示了中国近年来在保障经济、社会、文化、政治权利和宗教信仰自由等方面取得的成绩。

《奇迹：全球院士点赞中国》多语种微视频、文章、图书等全媒体产品

作品信息

作品类型：三等奖·融媒创新

发布平台：海外：微视频品牌 China Matters 在 Facebook 和 YouTube 的账号、频道，外文局各语种品牌海外社交媒体账号 国内：中国外文局融媒体中心在腾讯视频、今日头条、哔哩哔哩等平台的频道，学习小组、侠客岛、人民日报官方微博等新媒体账号

报送单位：中国记协新媒体专业委员会

主创人员：集体

首发日期：2017 年 10 月 13 日

CIPG DIGITAL MEDIA CENTER 中国外文局融媒体中心

作品简介

该全媒体专题旨在通过“全球顶级院士”这一最具深厚专业知识和国际化广阔视角的重量级人物群体的经历与观点，呈现中国已经和正在发生的历史性变革，讲述中国与世界沟通合作、共建人类命运共同体的故事。

获奖理由

该专题于中共十九大前推出，围绕全球院士的中国故事这一极具新闻性的话题展开，在脸书、推特等各大海外主流社交媒体与视频网站上，在国内权威媒体、新媒体、互联网及出版领域均获得了较好的传播效果。

新媒体展示

使用手机扫描下方二维码，即可观看本条获奖作品的新媒体展示。

他在北京聊“两会”却“嗨”爆了新疆朋友圈！

作品信息

作品类型：三等奖 · 融媒创新
发布平台：新疆新闻广播“先锋 961”
报送单位：中国记协新媒体专业委员会
主创人员：孙建忠、崔同灏、夏尔福丁 · 玉山、田原、邵煊、翟晓雪
首发日期：2017 年 3 月 9 日

作品简介

全国“两会”期间，新疆人民广播电台“两会”直播组在“新疆人民广播电台直播新疆”“先锋 961”等微信公众平台上，以微信矩阵的方式重磅推出了此“两会”融媒体产品。制作团队精心策划，以最快的速度为广大网友呈现了一部融媒体作品。

新媒体展示

使用手机扫描下方二维码，即可观看本条获奖作品的新媒体展示。

获奖理由

作品制作精良，内容清晰，创意新颖，形式丰富。在内容上，把 2017 年全国“两会”关键词与新疆区情、地域特点相结合，既回顾了成果又展现了百姓的期望。在形式上，使用 H5 动漫页面与视频相结合的方式让时政新闻动起来燃起来。

南京“抗战家书”征集暨诵读“抗战家书”活动系列报道

作品信息

作品类型:三等奖·融媒创新
发布平台:南京日报微信公众号
报送单位:中国记协新媒体专业委员会
主创人员:集体
首发日期:2017 年 3 月 9 日

南京日报

作品简介

2017 年,是抗日战争全面爆发 80 周年,也是侵华日军南京大屠杀惨案发生 80 周年。在南京市委宣传部的指导下,南报网于 2017 年 7 月至 12 月开展了南京“抗战家书”征集暨诵读“抗战家书”活动,并制作了系列新媒体产品。

获奖理由

活动紧扣抗日战争全面爆发 80 周年和侵华日军南京大屠杀惨案发生 80 周年重大主题和重要时间节点,通过全媒体融合传播,打破了地域和时空界限,在新时代提高了党媒新闻舆论融合传播的传播力、引导力、影响力和公信力。

新媒体展示

使用手机扫描下方二维码,即可观看本条获奖作品的新媒体展示。

图书在版编目（CIP）数据

第28届中国新闻奖获奖作品新媒体展示手册 / 沈毅兵，高晓虹主编. --北京 ：中国传媒大学出版社，2019. 8
ISBN 978-7-5657-2504-3

Ⅰ. ①第…　Ⅱ. ①沈… ②高…　Ⅲ. 新闻—作品集—中国—当代
Ⅳ. ①I253

中国版本图书馆CIP数据核字（2019）第128723号

第28届中国新闻奖获奖作品新媒体展示手册

DI-28JIE ZHONGGUO XINWENJIANG HUOJIANG ZUOPIN XINMEITI ZHANSHI SHOUCE

主　　编	沈毅兵　高晓虹
策划编辑	王雁来
责任编辑	王雁来
封面设计	欧阳晨希
责任印制	李志鹏
出版发行	中国传媒大学出版社
社　　址	北京市朝阳区定福庄东街1号　　邮编：100024
电　　话	86-10-65450528　65450532　　传真：65779405
网　　址	http://cucp.cuc.edu.cn
经　　销	全国新华书店
印　　刷	北京中科印刷有限公司
开　　本	889mm×1194mm　1/32
印　　张	13
字　　数	590千字
版　　次	2019年8月第1版
印　　次	2019年8月第1次印刷
书　　号	ISBN 978-7-5657-2504-3/I·2504　　**定　价**　78.00元